云端动物园

黄马可 大熊 火烧云 著

学林出版社

序 一
诗歌的"优美观"

幼年时,便接触到古诗,李杜文章,千载之下仍然很容易产生共鸣。诗歌特有的韵律,汉语之美,是可以用身体感受到的。诗歌一旦为伴,便是终身,这一份文字的默契,天涯相随,是永远的精神花园。诗歌的魔力何在,古人云,"诗言志""诗无邪",这种志向的高洁、字里行间流淌的优美,让平凡如我也能感受到芬芳的情怀,从俗世中抬起头,探望苍穹、俯仰时空,关心世界上默默行走的人们。

诗歌自古以来,是文人墨客抒发志向、情怀的文学形式,古诗的创作者有相当多的一部分来自士大夫阶层,而现代诗的创作者来自普罗大众,每一个人都可以经由诗歌来输出情感和想法。诗歌写作能表达一瞬而过的情绪,也能记录人生百态、自然之趣以及心路历程。表达可以不断升级和深入挖掘,诗歌这一文字精灵,还具有天然的心灵疗愈作用。

现代诗已经成为一种喜闻乐见的文学艺术,风格多种多样,朦胧派、抒情诗、说理诗、叙事诗乃至口语诗,都有其经典代表作品。读者可以有个人偏好,但不同风格之间并没有绝对高下之分。形态迥异的诗歌，也可以如庄子说的，各美其美。

风格流派自古有之，宋词就有豪放派和婉约派，如今的现代诗领域也一样。和我们的先贤诗人一样，创作者只要抱着信达雅、真善美的理念，以及追求人文、热爱自然的情怀，就可以结出丰硕的创作果实，带给社会、下一代更积极、良好的美学影响。

从创作来说，笔者持有一种观点，不同于业界很多人的想法。现代诗虽发肇于西方，但中文现代诗仍然要尊重中文写作规律，盲目地学习那些翻译过来的外国诗并不可取。因为翻译诗已经丢失了宝贵的音韵，导致在阅读的时候，我们体会不到原文的美感。通过学习翻译诗，来提升中文现代诗水平，并不是一种很好的学习途径。我们应该更多吸收中文作家的优美语言，不只是诗坛，只要是优美的中文写作，我们都可以汲取其中的精华，用于诗歌写作，开拓属于我们的中文现代诗。

百年中文现代诗，仍然是年轻的艺术形式，更多的可能性有待探索。文字通过书写不断定义，语言通过发明不断前行。诗歌的背后是思想，没有思想是万万不能的。通透的哲学，并不是繁琐的理论，而是清澈见底的顿悟。文以载道，万物生长，批判也好，写实也罢，最终的目的都是追求一份美好。

我认为，诗歌要有一份"优美观"，文字要以信达雅为目的，晦涩艰深并不是好的形式。与大众联结起来，去沟通、去分享、去影响，用美好的情怀影响身边的人，这才是诗歌应有的价值观。爱美之心，人皆有之，就算人间磕磕绊绊、跌跌撞撞，走过坎坷，历经风雨，仍然要拥抱彩虹。

源远流长，诗人辈出，中国是诗歌的国度。诗是文字的精灵，诗歌传统也将伴随中华文艺复兴再次萌发，开出璀璨的艺术之花。

筚路蓝缕，山高水远，你我一起努力。

黄马可　谨识
2024 年 8 月

序 二
诗歌即疗愈

有的人说，诗歌已死。当代社会，诗歌究竟是否还有存在的必要？在我看来，答案是毋庸置疑的，不仅需要，还要加强。语言是人的本质，直至今天，文字或许已经没有那么容易引领思想，但文字依然是我们可以依赖的、能够盛放情绪的容器。

现代社会能够提供的服务星罗棋布，促成了人们对于传统关系的解离（缺乏亲密关系），但工作上细致的分工又离不开人与人的紧密合作（需要关系亲密），这样一种人际关系相处的矛盾，呈现于我们在外压抑真实的情绪，却在家人面前毫无保留地释放情绪风暴。人际交往的渴望与疲惫交织，可能是当代人共同的困境。

诗歌依赖语言，更依赖感受。诗歌不是自说自话，而是交流与共存。这种在专注中凝结了情感的字词，可以穿越时间空间的阻碍，建立起共通的视域和感受，将彼此拽入某种共同的关系中，或许此时诗歌就成了情绪的出口、关系的入口。

诗人的创作，既是对日常习以为常的反叛，又是对日常细致入微的洞见。我常跟朋友讲，也许有一天你在心中询问诗是什么的时候,诗便悄然出现了。诗歌源于思考,当一个人对日常稀疏平常的情景开始思考,诗意便有可能随时降临。基于这一点,有些时候诗也会略微显得不合时宜,但这样一种重新审视生活的激情需要被呵护。诗歌的表达将为彼此构建出新的环境和空间,带给生活一种新的实现方式。

诗是人对瞬息的捕获,无论思维还是情感;诗是体内一瞬间迸发出的回响,是存在的澄清与放大。如今,我保持在朋友圈日更一首诗歌已近三年,在这个过程中,我看到了有朋友受到影响从开始关注诗歌到自己写诗,这样一种传递与连接,是此刻的我想来也不免动容的。

诗虽因人而异,诗意却是相通的,每个人都拥有写诗的自由。我是草地诗会的一名成员,草地诗会取名"草地",本就立足"草根"。我们不排斥任何人的加入,在实践中我们也发现,每一个诗歌爱好者都可能成为诗人,而每一个人都可能爱上诗歌。

欢迎表达,期待交流,草地诗会在等你,人人都是诗人。

大熊
2024 年 8 月

序 三
诗歌是什么

保罗·瓦莱里说:"诗歌是声音和意义之间被延宕的犹豫。"

卡尔·桑德堡说:"诗歌是邀请影子起舞的回声。"

埃兹拉·庞德说:"诗是历久弥新的新闻。"

张枣说:"诗歌就是一种因地制宜,是对深陷于现实中的个人内心的安慰。"

阿多尼斯说:"诗歌是天堂,但它永远在语言的疆域流浪。"

安娜·布兰迪亚娜说:"在这个聒噪喧嚣、充斥着各种思想的世界,诗歌的终极目的应该是重建沉默。"

费德里科·加西亚·洛尔迦说:"诗歌是一种天赐。我完成我的任务,做好我应该做的事,不紧不慢。"

小时候读过一句话,多年后依然清晰:"小说是编出来的,散文是悟出来的,诗歌是蹦出来的。"对我来说,从小学开始写诗,那些诗句真的是从脑海外、笔尖下蹦出来的,蹦完后我自己都不记得。现在写诗也是如此,被某件事、某个景色、某首歌、某幅画所触动,几分钟写完，写完就忘却。因此，对我来说，诗歌是一种赐予，写诗就像写日记，它来了就记下，它不来就照常生活。在朋友圈发明之前，我的诗被随意丢弃，就连发表过的报纸和刊物也随着搬家而统统不见。不见就不见吧，反正写诗这件事于我而言既不高贵也不丢人，就像爱美，天生如此，不得如此，只是悦己，不为悦人。

小时候喜欢顾城的诗，喜欢他的"黑眼睛"，符合我的三观——了解世界的黑暗，但仍然坚定追寻光明。后来喜欢李元胜的诗，可能是因其摄影家和旅行家的身份和爱好，他诗歌里的大自然、色彩和画面感都是我爱的；尤其喜欢他文字里随性、洒脱和明亮的气质，而他辽阔的意境和立意的高度是我无法企及也一直渴望达到的。我的诗歌也大多是在旅行、听歌和画画时写下的，诗与画与音乐本就是一体，不管何种载体，不管相隔多远的时空，同频的人总能感受到饱含其中的情绪和感动。于是，将画化作诗，将曲谱成词。

小时候总觉得自己的世界很小，总想要在文字里打造辽阔；长大后挣扎于世界的繁复，于是不再渴求用文字惊艳谁的时光，只希望某段文字在纾解自我的同时，能让某个人的目光有片刻的停留，然后，微微出神，喃喃自语：原来，有人，和我一样！

最后，分享一首宋尾的诗，希望打开这本诗集的你，也会被文字里偶尔的灯光照亮！

一个人坐在阳台上

宋尾

要是我静止不动
我可以成为一种家具
不着急阅读
不用在故事里摸索
闪烁的影子
不会遇到让我感伤的诗句
也可以不怀念
我成了时间里的内容
不用为任何事等候
就这样坐着挺好,乐于承认
无所事事仅只是创造力的消逝
不创造也挺好,那些草叶
漫山遍野,视野之外
许多事物不被关注
我想,每个人都有过
这样的时刻
巨大的乐声围着你翻涌,耳廓之外
一切不为人知
我坐在这里,我成为一台冰箱
你拉开时,我的黑暗
被偶尔的灯光照亮

火烧云
2024 年 8 月

目 录

序 一　诗歌的"优美观"　黄马可 … 1
序 二　诗歌即疗愈　大熊 ………… 4
序 三　诗歌是什么　火烧云 ……… 6

黄马可的诗

晴天 ……………… 2	等 ………………… 11
人们 ……………… 3	那天 ……………… 12
房间 ……………… 4	冰箱之鱼 ………… 13
时间 ……………… 5	这方湖水 ………… 14
海浪 ……………… 6	原来的我 ………… 15
暄动 ……………… 7	鼻子的工作 ……… 16
询问 ……………… 8	晨 ………………… 17
房客 ……………… 9	假寐 ……………… 18
人迹 ……………… 10	早餐 ……………… 19

呼吸 …… 20	卡纸 …… 46
时间的难民 …… 21	活着 …… 47
葡萄成熟时 …… 22	笑与泪 …… 49
河岸 …… 23	夜晚发生的事 …… 50
秋恋 …… 24	沙滩 …… 51
异乡 …… 25	白马 …… 52
煤屑路 …… 26	给你一首诗歌 …… 53
午夜的风 …… 27	距离 …… 54
属于我们的时间 …… 28	方言 …… 55
星际 …… 29	深刻 …… 56
日与夜 …… 30	花园里 …… 57
陌上桑 …… 32	小诗人 …… 58
手 …… 34	喜欢 …… 60
天一阁 …… 35	酒店 …… 61
一家三口 …… 36	日食 …… 62
我们 …… 37	约 …… 63
爱情小狗 …… 38	有些话 …… 64
记忆枕 …… 39	你的眼中 …… 65
紫竹梅 …… 41	萌 …… 66
偶遇 …… 43	念念 …… 67
关系 …… 44	歌唱 …… 68
阳光 …… 45	夜樱 …… 69

遗忘	70	灯	92
月见	71	芦苇	93
曾经	72	履霜	94
足迹	73	做你的诗人	95
等待	74	偶然的旅客	96
拼图	75	电影	97
彼时,此刻	76	谷场	98
谁	77	妈妈的水果	99
我的想念	78	鞋匠	100
离歌	79	月光	101
莲	80	时时刻刻	102
相思	81	面具	103
百合	82	写我	104
九月	83	语言花朵	105
光点	84	蔷薇	106
我的字典	85	昨日之我	107
故乡	86	樱花	108
间隙	87	等	109
心里话	88	词语	110
大雨	89	水晶	111
唤爱	90	释然	112
整理	91		

🐻 大熊的诗

沙漠里的油菜花	114
归墟	115
琴声与玫瑰	116
盲道	118
花	119
等候	120
樱桃	121
隐藏	123
呼吸	125
薏仁山药粥	126
相册	127
殇	128
N	129
塑料袋	130
容器	131
祈祷	132
消失的她	133
我把四月劈成了两半	134
心疼	135
月食	136
变脏的花瓣	137
银杏树的梦	138
猫	139
黑猫	140
闪电与避雷针	141
家与旅馆	142
老黄	143
光	144
电缆工	145
夜岛	146
等待	147
童年	148
踏梦	149
醒来	150
叶子	151
水晶杯	154
守望	156
松鼠与熊	157
归途	158
巨大的谜	159
情书	160

晚秋 …… 162	井盖 …… 185
早春 …… 163	拘禁 …… 186
在每个夜晚奔赴大海 …… 164	诗稿 …… 187
钓草的人 …… 165	手机链 …… 188
安眠 …… 166	秘密乐园 …… 189
错过 …… 167	重生 …… 190
一粒雨珠的想象 …… 168	回答 …… 191
比真实更真实的看见 …… 169	拉黑 …… 192
马可 …… 170	生活被石子击中 …… 193
女巫 …… 171	海滩 …… 194
日出 …… 172	英仙座流星雨 …… 195
日落 …… 173	一朵野花的反抗 …… 196
提纯 …… 174	七夕 …… 197
念是此刻你在我心上 …… 176	这个秋天的第一场雨 …… 198
红唇游泳圈 …… 177	把我自己交给你 …… 199
被一个梦拉长的夜 …… 178	粉色面具 …… 200
安静的嘈杂 …… 179	硕果 …… 201
快进 …… 180	狗 …… 202
画作 …… 181	蚂蚁 …… 203
标签 …… 182	粉色车厢 …… 204
时间的迷宫 …… 183	思念 …… 205
以诗为伴 …… 184	我伪装成一匹马 …… 206

🌥 火烧云的诗

关于·诗 ………… 208	此刻 …………… 233
"听见她说"	深蓝 …………… 234
——失眠者语 …… 210	黑色的光 ……… 235
捧花少女 ……… 212	夜之花 ………… 237
她是…… ……… 213	月 …………… 239
别定义 ………… 214	梦 …………… 241
怪人与星辰 …… 216	海浪 ………… 243
默 …………… 218	暴雨 ………… 244
"我"和"你" … 219	拼命·疯 ……… 245
两个"少女" …… 220	春 …………… 246
两个酒窝 ……… 221	饮春 ………… 247
背包客·启程 …… 222	四月 ………… 248
背包客·喜欢 …… 224	红 …………… 250
背包客·看见 …… 225	夏天的风 ……… 251
背包客·落日 …… 227	风起的时候 …… 253
背包客·穿越 …… 228	夏天的一百种姿态 … 254
暮色中如常发生的 … 229	无尽夏 ……… 255
黄昏的侧脸 …… 231	八月 ………… 256
落日钢琴曲 …… 232	夏末 ………… 258
	炙夏 ………… 259
	和夏天说再见 … 260
	生命的某个片段 … 262

立秋	264	雨后	298
如果	265	绽放	300
响林	266	听我说	301
花袜子	268	未完	302
日出	270	有些事你不会知道	303
冬日	271	晚睡的人	304
最好的时光	272	预言	305
某些时候	274	我想,我愿意	306
为画而作的诗	276	樱花	308
毁灭	278	无题	309
孤独症候群	280	朋友圈的快乐	311
长的,短的	281	午后	312
烟火	283	风暴	313
彼岸	284	四季	315
向往	285	时间的秩序	316
南方	286	留长发的男人	317
糖	288	立刻	318
等待	289		
影子	291		
疼痛	292		
不是情诗	294		
冬眠的熊	296		

黄马可的诗

潮汐问道,归来仍是少年

黄马可,上海浦东人,毕业于同济大学广告学专业。曾在奥美广告任职文案,开过咖啡馆,出版有散文集《孤独的人,你要吃饱》。2023年与友人创办草地诗会。

晴天

夜幕降临
星星在窃窃私语
她的晾衣绳
长长的
在城市的天际线下
蔓延
挂着高高低低的
男人的影子

今天的天气还好吗
云层的缝隙透着光亮
青草在滋长
小狗在散步
妇人喝着牛奶
长长的魔法晾衣绳
高高低低的男人在聊天
他们的心
回不了家

人们

戴上郁金香的面具
带着紫罗兰的咒语
以及洋桔梗的魔术
去叩开午夜的门扉

公园的滑梯场已经空无一人
他们都来到了金字塔市场
装载文字的列车已沉默
沉入大山里的绿色国度

人们喜欢花朵尤甚诗歌
爱慕天鹅多于星辰
他们在雨中注视墓志铭
在游泳池寻找出生证

他们喜欢花朵尤甚于——
诗歌,而你我
各自为伴,天涯孤旅

房间

她从房间这头走向另一头

就像星际旅行

水泥地就像丰腴的金沙

埋着千年的矿藏

她的手指抚摸过的绿植

长成了热带雨林

词语从她的口中吐出

飞向高处

轻飘飘地飞向苍穹

来到宇宙之外

我们在某个房间里

笑语轻谈

时间

沙发上
你坐在我的身边
我坐在你的身边
但我们
隔了一层
柔软又透明的丝绸
叫作时间

时间的河流里
我时而蛙泳
时而蝶泳
却怎么也游不到
你的身边

海浪

在不能寤寐的夜晚
我像一个早起的面包师
把发酵的词语反复摔打
揉捏成为未来的形状

我拨开诗句的围栏
走向更多辞章的波澜
迎面走来一个白衣女子
她的工作是收集涟漪

我问她是否需要面包
她微笑起来,不置可否
我问她能否带我找到森林的出口
她微笑起来,不知可否

在我写了那么多之后
我的海浪渐渐平息
就像每一次离别

喧动

阡陌里，楼榭间
市声与贩卖声此起彼伏
如雪的阳光落在皓足上
蜻蜓停留在季节中央

哗动如波浪袭来
风欲静，蒲公英无法停止
用茉莉的角皂沐浴
喧嚣在沉默中，欲盖弥彰

想要，把声音去掉
就像拧毛巾一样
远处的浪花逐渐平息
重新握手言欢，如此自然

询问

草长莺飞的季节
神像开始松动
于时空的未知罅隙
传来金属的喧哗

微风轻抚着四月
你走向夜的更深处
拨开绿松石的门帘
黑衣服的客人已等候

你倒了一杯牛奶
他询问星座的消息
他离去后的背影
还拖着长长的影子

你不能说出的秘密
有一枚月亮,正在洗澡

房客

春日修剪秋天的吊兰
月季并不按常理出芽
只有在阳台上偶尔会见到
隔壁那位神秘的房客

他出现在晨曦的金光下
带着些许威严的表情
他消失在兰花的墙纸里
只一盏绿茶的工夫

我们住在同一栋别墅
拥有两种不同的人生
来自不同的时空
各自占据一个城市

神秘的房客深居简出
只有在修剪花枝的时候
我们互相微笑

人迹

荒无人迹之处
泛着淡蓝色的轻烟
温柔的小溪
蝴蝶在散步

悬崖边的险巇
百合之间在私语
在人们没有到来之前
万物寂静而美丽

你的流眄所经过之处
土地有了新的语言
蝴蝶仍在散步
百合仍在低语

一切都变了,但看上去相同
万物寂静而美丽

等

从那个秋天开始
她就开始收集树叶
一边在上面涂涂画画
一边等待那个在路上的人

路上的人迷失在了森林
一条一条路不断衍生出来
就像命运的选择题
就像树叶的脉络不断重叠

你丢失了行李
你在森林里发现了小屋,因此沉迷
你在河边发现了萤火虫编织的梦
你总是不断有新的发现,然后陷入迷失

她一直等待
那个路上的你

那天

懒洋洋的日光
照在白色的房间
栀子花也开得好好的
你在无意中
捕获了从窗口飘出的一首歌

于是它成了你的歌
你把它
放在耳朵里
秘密豢养
它是你的小秘密

那天
你决定
让它飞让它走
于是轻轻地
唱了起来
唱到了我的心里

冰箱之鱼

你把冰箱里的鱼递给我
当我从开罗的河边上岸
你的眼里带一点点诧异
那不会游过我的眼睛

你把冰箱里的鱼递给我
当我的头发沾满黎明
古老的化石就一夜消亡
我们心里共同珍藏的化石

你把冰箱里的鱼递给我
以七种颜色的苹果当早餐
电视机已失去了地平线
莫非就是我们的墨菲定律

这方湖水

来到这方湖水
让我们看看这里有什么
抱着吉他的女子
沉醉于她的往事

头顶上方仅仅只有
一片孤云
如此孤单了好久
以至于他自己都意识到了

云调准角度
斜斜轻轻落在她的身边
倾听着如此沉醉的往事
他融化了,以至于

没有人知道发生过什么

没有人知道
在这个地方还有一片湖

原来的我

一杯咖啡
喝了一半加热水
它还是咖啡
加水,不断加水
加了无数的水
它还是咖啡吗?

一个人走进生活
让生活走进
无数的生活冲淡我
我,还是原来的我吗?

我发现我越来越像
一杯咖啡

鼻子的工作

看看我们的脸
五官里面
眼睛耳朵和嘴巴多么重要
摄取声色和各种各样的美食
讲各种颜色的谎话
唯独鼻子似乎没那么重要
却又是最重要的
除了呼吸空气让我们活着
它还负责嗅到爱情

真的,是不是爱情
闻一闻就知道了

晨

我把我的院子看成奇珍
小心翼翼地打开小屋百叶窗
凌晨的时候驻足观看
世界醒来,人们未醒时的模样
这精致易碎的景观
这悄悄渗透的韶光
事物在一翕一合之间生动了起来

曾经的我把你当成奇珍
你却揉碎了自己的影子
吹奏伤感的笙箫
我在观看微光的艺术
墙上显现的本相
万物灵动,有风传颂

我把时光当成奇珍
我隔岸观火,无声轻唱
十分钟年华老去
十分钟世界醒来

假寐

有一阵风经过的时候
我想张开眼睛
但又希望假寐
记得在幼儿园的时候
也是有大人在检视
周围充满了简单的文字
飘着清香,过于成熟的水果
过于幼稚的玩具
有一种克制,希望我们睡着
而我闭着眼睛,对我醒着这件事
感到不好意思
我应该是睡着的
小朋友们应该是睡着的
于是我装作假寐
听着微风轻轻地拂过
在人类文明尚早的年代
太阳尚处于童年
就连微风也是羸弱的
我装作假寐

早餐

在你的面包上面
覆盖着一层薄薄的蓝色果胶
那是一层我对你的想象
糅杂了些许焚毁的欲望

于是升腾起焦糖的风味
在奶酪迟来的路上
星期三的坚果不再倔强
星期四的工作正在搁置

在我的咖啡里面
神话了的你,主导了其中暗涌
不可名状的香味柔化了空间
仿佛是配角的饼干,也生动了起来

这是我们之间,世纪末的早餐
怀抱幽明,互相蚕食
我爱你

呼吸

我倾听着你的声音
感受着你的呼吸
黑暗中你的心跳
以及琴声传来的方向

在流水淙淙的郊外
主妇做好了蛋糕
作家打开那扇尘封的窗
三个世纪了,你我共命运

你的衣衫随风摆动
口红的颜色点亮黄昏
你开车转弯,四十七度
你的美艳,没有一个死角

黑暗中,你呼吸着
我的手握着你的手
人类共此命运

时间的难民

时间的难民来到地球
一寸一寸在我手里消翳
光芒不安地闪烁
像是你心里隐秘的角落
如果你愿意
我们还能拯救大海的嫁衣
用水晶和羽毛挂满梦的霓裳
我们都是时间的难民

葡萄成熟时

你站在那里,微笑着
保持葡萄的甜度

我坐在这里,忧伤着
维持葡萄的酸度

就这样,夜莺与歌颂者
十分诡秘地交替
秘密发酵出一种和谐的感触

从我的心到你的心
走了二十年还没有落幕
我还秉持着青涩的酸甜度
直到黑夜把我一口一口喝到沉醉

河岸

河岸上的来客
来自梦的彼端
你用一瓶萤火虫
燃起最后一只热气球

风起的时候
你就打算出发
离开这个让你心碎的地方
离开我们的羁绊

风起的时候
你就准备逃亡
从塑料玻璃花的世界撤退
回到最初的地平线

河岸上的来客
我们的爱情呵，等待折叠

秋恋

我搜集秋天所有的银杏叶子
铺满我的整个院子
我搜集所有的溢美之词
铺满你的玫瑰床笫
秋天是如此的降临在你我之间
感受呼吸的每一次
天边的绯霞映在你的暮色里
令我如此沉醉，我满口情话
却不知道让哪一句先说
于是我选择沉默，让秋天的所有
叶子，铺满我的整个院子

异乡

时间的旅人
来到这陌生的星球
不知不觉，蓦然回首
已经过了好几个秋

素履踏过的池边青草
如今变成了鸣禽
随身携带的故乡河流
蒸发的蒸发，干涸的干涸

火光粼粼的山洞
在荒原之上流浪的火苗
在头顶之上飞翔的火星
地底下暗涌的，火的泉源

曾几何时，陌生的星球
变成了我们的家园

煤屑路

这是一段煤屑路
从我的村庄通往未知的世界
它不如水泥路那么平整
也没有烂泥路那么泥泞
它是在路上浇了沥青和煤屑
铸就的一条普普通通的路

我骑着自行车经过它去我的中学
我从大学宿舍回到村庄也要经过它
树下的老人微笑着等待
可能还有黄狗摇着尾巴
我们消失的村庄叫蒋家宅
一个普通的村庄,不知从何时开始
没人在意它悄悄散场

更没有人注意到这条煤屑路
我在梦里踩着它撒欢
煤屑飞扬起来,在空中
像极了梦想的样子

午夜的风

午夜的大风
有多少人听见
它吹落了小区里多少衣服
花盆在空中飞行,长出花朵
午夜的大风是风的母亲
来自巨大的罅隙
吹落多少坚挺的时间
吹掉百分之二十的奢望
把我们吹到最初开始的地方
动物预知了自然的迁徙
它们已经在洞穴里躲了起来
可是痴情的人们还走在夜路上

午夜的大风
有多少人听见
它唯一无法吹走的是自己

属于我们的时间

我们把时间嚼得烂碎
说这样有利于消化
即使手边没有盐和胡椒
这时间芬芳得让人一口吞下

我们把时间摔得烂碎
这完整透明的一大块时间
从青年的五楼
向着老年的底楼下坠

我们把时间揉得烂碎
从寂寞的黑夜开始
到想你的轮回消失
你转身后时间失去了意义

属于我们的时间如此短暂
可我们还在每天浪费

星际

我在星际旅行的时候
音符像流星雨一样
穿过我的身体

旋律像打结的彩虹
在我们之间无限循环
这是星空的奥秘吗？

宇宙漫长一生的中间
他翻了个身
在蜉蝣的梦里经历了多少个轮回

你我只是蜉蝣
但此刻属于我们

日与夜

日与夜,此消彼长
星星吞噬着月亮
马吃着夜草,渐肥
百合积蓄着力量
三点钟的面包正在发酵
相思切片,断层里的缺漏
情节快粘连不起来

日与夜,拥抱着无限
晦明的一道光,潜入幽暗森林
丛林里闪闪发光的鹿
草地上燃烧的小屋
照亮了北斗星的眼泪
黑色渗透无声
影子统一了部落

日与夜,在爱意中拉扯
缘的双曲线,模拟实验
我和你若远似近

梦里的 N 种可能推翻重来
远方的约定和遇见互相蚕食

日与夜
时时刻刻
深爱着彼此的人们
互相磨炼

陌上桑

我合上书本
切断这一片海域
我关上黑夜
顺便拉扯一段星光
我把我的命运放在码头上
交给驳船

夜越来越深
而影子越来越闪亮
为了灼热的夏日
荒凉的季节

我把黑夜随身携带
而墨水渗流
我的灵魂付诸白桦树
垂直延伸如同杉树

我关上手机
关上盒子

关上所有的讯息
等待那道光的来临

在遥远的地平线
有我的答案
我知道不是草莓
便是桑葚
总有一篮子的收获

亲爱的
我已无法将岁月酿成琼浆
唯有一饮而尽

手

你的手曾反复丈量
将材质打磨熨帖
你的目光曾不经意流连
无法逃脱爱意的一张网
时光的目光把你捕捉
岁月的穿越又何曾逾越

在你轻柔的步伐里面
我的心就在黑夜沦陷
红的绿的蓝的是你的节奏
高亢的低回的是我未唱的歌
平静的深邃的是不变的，关怀
轻盈的绮丽的不曾磨灭的，印象

天一阁

天一生水
而星期一适合旅行
都说了
天堂是图书馆的样子
昨天我们在图书馆
逛了一下午

迷失在深锁的院落
汉朝风,清明雨
落在我的衣襟,你的蹙眉
五百年的守,只为了一个字的诺
你看着前朝的书的样子很专注
而我翻阅你这本书
就像悄悄潜入湖底的锦鲤

藏书阁很大
世界很小
小到你我的怀抱之间

一家三口

一对恋人
牵着一只穿蓝色毛衣的狗
男的吹着口哨
女的戴着鸭舌帽
把深秋的黄昏,迤逦踩在脚下
空气中有一种栀子花的蛊

不知道狗对这蓝色毛衣是否感到满意
它闻闻嗅嗅,心情不错
男人的步伐有点简慢
女人打量着花店里刻意的芬芳
一家三口,暧昧的空气在融化

一只蓝色毛衣的狗
牵着一对恋人
它包裹着忧郁,脸上写着时尚
他们走在铺满梧桐叶的路上

我们

影子追逐着身体
我们无话不谈
我们走在愚园路上
在人生的典礼上,我们认出了彼此

海浪追逐着海豚
我们给时间打上了烙印
我们互相依偎
在刹那的火光中,我们抓住了对方

梦想追逐着洋流
我们交换词语的吻
我们翩然起舞
在末世的回眸里,我们握住了爱情

我加入了你我
我变成了我们
我们走进了洪流

爱情小狗

我是一只爱情的小狗
经过售卖情绪的商店
跑过供应气球的公园
来到你的身边

你是一只爱情的小猫
在阳光草地慵懒地翻滚
时而追逐风筝的脚步
时而忘却生活的烦忧

我是一只爱情的小狗
对你摇头摆尾,嬉笑撒泼
你是一只爱情的小猫
你心怀海洋,穿过沙漠

记忆枕

记忆枕
本来也就是一个枕头
因为某个广告人的灵机一动
它获得了这个名字
并且卖掉了好多好多

记忆枕
一般躺在家里
是某个人的专属记忆
经过一次次的夜晚
你记住了什么
她那华丽的冒险？

也有些记忆枕
偶尔会招待客人
有些香艳的逢场作戏
常常在半夜醒来
留下抹不去的回忆

酒店里的枕头

一般都不是记忆枕

并不希望枕头记住什么事情

那些旅人的夜晚

并不需要镌刻在记忆里

适合在马桶里冲掉

就像枕头

迅速恢复了弹性

我们甚至可以称它为——

失忆枕

当你枕在我的手臂

我又记住了什么

除了手感到一阵麻以外

大脑一片空白

紫竹梅

在小区拐角的地方
水泥、石子混杂之处
紫竹梅却在阳光下长了出来
展现着同样的热烈

我惊叹于它的坚韧
移植了一棵紫竹梅
种在我的院子里
随和的她,被我随便地养着

紫,竹,梅
三种不同的特性
奇异地糅杂于一身
你真的是人间一朵铿锵花

我爱你随和的性格
饱满的枝叶,放纵的步伐
我爱你星星一点梅
点亮了那些昏沉的晨昏

你是被贬的天使

紫色是你高贵的外衣

无论天寒还是炎夏

你永远是那么从容

我的紫竹梅

今天你睡醒了没

偶遇

也许只是一场普通的相遇
春天爱上了秋天
你我看上去有些相似
但走在不同的轨道
有着不同的宿命

也许这把火已经烧成熊熊大火
我仍然可以装成若无其事
拨弄我的衣角
说今天的天气有点凉

也许一切只是也许
蓝色的忧伤已经洒在我的身上
我手里捧着月亮形状的蛋糕
就算我不吃,它也在变小

也许只是候鸟爱上了季风
谁能责怪寂寞的旅人

关系

你一把抓住
我渐渐隆起的
腹部
说这是你的
救生圈

我说
别管这些了
海水正在涨潮
暗流正在回涌
你要活命
抓住真正的
救生圈
赶紧往回游

阳光

你走了多久
你走了多远

从那个遥远的星球出发
一直走
一直走到了我的窗台

跃入我的胸口
你走了多远
为了我们的约会

你在出发的那一刻
就已经爱上了我
所以我们此刻才紧紧地
融为一体

阳光
你走了多远

卡纸

昨天
我们的情感卡了纸
进又不能进
退又不能退

研究也研究过了
修也修不好
我们的爱情空有指令
却没有办法打印

冷却吧
断电吧
换上 A4 纸
打一份离婚协议

奇怪的是
离婚协议却一点都不卡纸
打了整整三十页
非常流畅

活着

剩下的时间依然有无限的可能
我们依然在寻找芬芳

一个人最后活成的样子应该是这样的

他不应该给世界设置太多规则
不应该把人分成三六九等
不应该用有色眼镜去打量身边的人
不应该提心吊胆地防范身边的人
以至于在自己内心的房间设置利爪尖刺的栅栏
或在入口铺满玻璃碎片
他也不应该提着来复枪等待下一个会出现的强盗
不要因为害怕别人而把自己活得格局狭窄
你不应该因为世界上有贼就把自己变得贼头贼脑
须知，你终其一生不一定遇到几个贼

人应该热爱生活
热情拥抱周遭每一个人
真诚而热烈地活着

像大自然一样,随和而优美
你应该像草原上的风一样爽直
像冬天的雪一样洁白
像水一样柔和
像火一样不顾一切地拥抱自己想要的生活

因为到头来,你会变成一面镜子
你最担心的面孔会反映在镜子里
你畏惧、防范的,会成为一个可耻镜像出现在你的生活中

对一切都小心翼翼、斤斤计较的人生
根本不配称之为人生

因为最后我将遇到你
我的所爱

我将以何种面貌,面对你

笑与泪

不要对我微笑
你的微笑就像一根火柴
　　从空中掉落
　　地上铺满了汽油

　　不要对我掉泪
　　你的泪水就是一场海啸
　　　　无端莫名地
　　　　把我全部卷走

　　　　对我微笑吧
　　荒野需要一场大火
　　　　才能加入星光

　　　　对我流泪吧
　　　下完了这场雨
和你一起去坐绿皮火车

夜晚发生的事

一首诗里藏匿着午夜的秘密
譬如一只蚊子水平飞翔
带来了远古的消息

譬如无人欣赏的花园
昙花悄悄绽放又破败
譬如香水的尾调
发出轻轻的叹息

譬如你将醒未醒
梦中她的身影及展现
把她又思念了一遍
醒来后轮回化作羽片

你莫名醒来
伸个懒腰
又转身呼呼大睡
将一盏星河压在了身下

沙滩

他在无人的沙滩上
发现一个黄铜古瓶
打开盖子
飘出一首遗忘已久的歌

他感受着熟悉的旋律
随着节奏,闭上眼睛
他回到了过去的海滩
找到了一个黄铜色的瓶

美人鱼坐在沙发上
弹着三角琴,唱起了歌
余韵袅袅,起起伏伏
就好像潮水在他身边涨落

白马

白色的纸上
她画了一匹马
一匹白马

这白马
他踏雪而行
驰过白夜

这白马不是马
它只是一幅画
穿过千年经帙

这白马是马
因马上的这个人
马上就要来

给你一首诗歌

给你一首诗歌
事先准备的一罐蜂蜜
清澈透明的一片柠檬
点亮黑夜的一支蜡烛

给你一首诗歌
我冬天储藏的一枚松果
我夏日捡起的一朵浪花
我突如其来的一个拥抱

给你一首诗歌
只是我眼神里的一种错误
只是心里燃烧的一团迷雾
只是漫不经心的一种舞步

只是给你一首诗歌
希望给你一点快乐

距离

你以为
我离你
很远很远
其实我离你
很近很近

你以为诗歌
离你的生活
很远很远
其实生活
离你的诗歌
很近很近

你以为天上的星星
很远很远
其实它们离你
很近很近

方言

他从兜里
掏出一叠方言
抽出三张
交给黑衣人

他说
反正我在异乡
也用不着
不如换点美元

深刻

我想触及一点点深刻
发现雨中之雨
背后洋流的经过
以及八月台风的痕迹

我想触及一点点深刻
听见钟声之钟
朝菌为何
出现在暮鼓之时

我想触及一点点深刻
所以还依旧驻扎在
你将醒未醒
将行未行的夜

花园里

森林里
每一个动物都是可爱的

丛林里
每一只昆虫都是生动的

我对你
每一个动作都是温柔的

花园里
每一朵花都是骄傲的

手稿里
每一首诗都是会呼吸的

我和你
所有的酸甜,都是值得的

小诗人

那一天
他学会了写诗

他写星星
他写月亮
他写花
他写树
他写毛毛虫

人们称他为小诗人
人们赞美他为诗人
他想,得多学学
他开始,读别的诗人

他读到了光明
他读到了黑暗
他读到了天堂
他读到了地狱

他吐吐舌头
他摇摇头
把书合上
从此
他不再写诗
他决定做一个普通人

喜欢

吃饭的快乐
爱情的快乐
无所事事的快乐
我好想再拥有一天啊
最后一天的人说

阴天的烦
雨天的烦
走路崴到脚的烦
你不理我的烦
可是我好想再拥有一天啊
最后一天的人说

第一天的人排着队到来
最后一天的人排着队离开

可是这每一天的日子
我好喜欢

酒店

我的大脑是座旅馆
年久失修的那种
我的脑回路
是幽深的走廊

走进去，走近
你是个常驻的旅人
房间号，是你的生日
顶楼的总统套房

我的大脑是座酒店
一朝情意尽焚毁
你是那纵火犯

日食

灰色的天空渐深
每一个孩子都领取了
蓝墨水的玻璃
天空睁开狡黠的眼睛

如今乌云散去了吗?
墨痕还在你的心里打转
不肯散去
眼泪流干了吗?

孩子们早已经走开
你还在那个操场
拿着一本
1984年的《儿童时代》杂志

太阳一直躲在月亮的背后
迟迟不愿露面

约

糖纸包裹的甜蜜

你也曾
放肆无忌地笑了起来

我也曾
用脚步
镌刻爱你的名字
在水银灯下,在蒹葭露台上

风中漂浮
庞然的糖果
由远及近又远的
你的心

我在尾生的桥上等你
静看潮升日落

有些话

有些话想说
却不能说
有些话想聊
却没回应

有些话
想拉开夜幕
对着海对岸说

有些话
把它做成压缩饼干
带在身上去旅行

我的体内充满了
梦想的空气
向着行星一直飞扬

你的眼中

如果我有一种超能力
能看到你眼中的我的脸
故事会不会有所不同
结局会不会因此而打开

夜莺今晚不回家
它已陷入流逝的梦
林中留下落叶的日记
片片都是雨中的空虚

故事有两个结局
一个在白天，一个在黑夜
如果我有一种超能力
能看到你眼中的我的脸

萌

万物萌动的时节
我们守着灵魂的黑夜
在那冷酷的旋律中
我们相互取暖

夜晚
伸展她动人的枝蔓
从地心开出花朵
护佑若远又近的你

唾手可得的结局
召唤着五光十色的可能
我的吻是夜晚的蝴蝶
从花岗岩开出了绿芽

念念

兜兜转转
遇见了彩虹另一端的你
太美好
所以分散

于是我成了你的影子
闭上眼皆是你
总是想捕捉你的消息
想成为白云罩着你

有多久没拥抱
有多久没吻你
有多久没有进入
那一条梦幻的河流里

歌唱

歌唱一条蛇在森林里游荡
还有一只会说人话的鸟
歌唱我们永恒的孤单
山坳里野百合的神秘

歌唱一段黑夜的沉默
而星星还在眨眼
歌唱一条冰川的寂寞
阳光已经分明到来

歌唱小河依偎在大河的怀抱
这城市，这尘世，这程式
歌唱大地上所有舞蹈的花朵
为这一刻我已等待了很久

歌唱，如是歌唱

夜樱

想你汹涌的时候
又无可奈何
无端想起
隔壁弄堂的樱花来

不带手机
不带滤镜
就闲步素履
走向弄堂深处

记忆中那年的樱
已经似雪一样盛放
如烟花般展开
一如，我对你的思念

遗忘

我是鸵鸟
留恋着沙的温度
当我们的关系
变成了无关紧要的话题

我是沙鸥
从未见过沙漠
我观察海浪的姿态
不知道何时矗立潮头

时间疯狂地,在流逝
爱情像是琉璃的梦
越小心
越容易粉碎

所以我选择
今夜遗忘

月见

你见过雨中的月亮吗
　　　我见过
　　长颈鹿拉扯着她
　　躲进了小树林

你见过隐形的月亮吗
　　　我见过
红酒杯相碰的一刹
我仿佛瞥见一袭月光

　　　串在你的手上
　　　流到我的心上

曾经

在那冰天雪地
你我曾互相取暖
熬过让人颤抖的季节
如今春暖花开
我们却天各一方
就像从未认识过

荆棘遍地
你曾经不畏艰险
我们撞个满怀

如今莺歌燕舞
大地每天开演唱会

我却像一个遥远的影子
只能偷偷想念

足迹

喜欢过寥寥数行
诗人就从此驻扎
在你的心里

爱过那浅浅微笑
恋人就永远绽放
在我的心里

沙滩上的淡淡足迹
是你的
还是我的

属于海浪的
他已把它收回

等待

等待
加入思念煲汤
日日夜夜的小火炖煮
只为一口香醇的汤

等待
加入思念醒发
放进烤箱慢慢上色
只为那扑鼻的芬芳

等待
加入思念烹煮
一整晚的茶香萦绕
剥开那馥郁的蛋壳

等待
原谅我是个吃货
总是默默守候
一如你我，爱情的美味

拼图

我们是
缝补地球的
最后两块拼图

我完成了你的想象
你填充了我的影子

我们在月光下舞蹈
就好像火山不知道
自己是火山

我沉醉
温柔的异乡
只有五月的微风
来把我拯救

彼时，此刻

水浪推着水花向前走
此刻白云也停留
它想荡个秋千
随风摇摆，发呆，什么都好

恰好的阳光下
左手边的绣球花
无限的可能在发生
譬如，你我重新变成我们

顶间闪耀的是远方的霞光
此刻迷离的是细微的声音在流动
折叠的季节慢慢发酵出芬芳
远赴山海采撷而来的笑靥

谁

谁打开了夜空马戏团
星耀如昼，月为绳篮
小丑在欢乐地翻飞
飞人在钢索跳踢踏舞

谁点亮了仲夏夜之梦
露珠上的绿仙子悠悠醒来
豌豆公主吹着萨克斯风
蜻蜓在滑翔，花蕊芬芳

谁开启了海底水晶宫
紫色珊瑚上游弋着热带鱼
水母如忽明忽暗的灯
乌贼吐墨如写意印象画

谁在不远处看着我
我们用余光好奇打量
我那无处安放的小情绪
从此在心头上演，永不落幕

我的想念

晨跑的时候想你一点
喝凉水的时候想你一点
秋风起的时候
以及吃完早饭的时候

子夜一点的时候
我又想了你一点点
三点四点的时候呢
我会不会想得多一些

想念,在猫咪灵动的眼神里
在夜晚萧索的寂静中
在河边孩子的芦笛声里
在街市上三长两短的哨子声里

我拿个红白蓝蛇皮袋
把这些思念搜集起来
再把它们填充进热气球
悄悄出发,去一个没有你的国度

离歌

我怕我只有三秒钟的记忆
想记住你所有的美丽
我打开感官的抽屉
任微风搜索夏夜的情绪

我想带上你的影子出发
而风中飘来了几分报复
我在灯塔上等待你的出现
昙花绽放的刹那,握紧了时间

小船儿来到另一个荒岛
月光下的潮汐把星光出卖
口袋里还有你捡的贝壳
依依是失而复得的离歌

莲

莲花在春天
唱着一支夏天的歌
是明日的香味呢

莲花走错了院落
那么让我
带你去新月的池塘吧

你一低头
化解了我的尘埃

啊,去吧
去向那梦的摇篮

相思

我走进了绿意葱茏
　　我并不知道
这是一片幸运树林
你是那么柔美可人

　　黑夜闭上了眼睛
蜡烛点亮星空幕布
　　　我抱着你
渐渐凝固成一组雕像

在时间的博物馆里
我的情诗尚未腐朽
在爱与恨的游泳池
想留住回忆的人吐着泡泡

　　　哦
叫我如何不相思

百合

不管你是提早种下
还是你多希望
百合仍然要执意地
执意地在五月开放

不早不晚
她有她的小小坚持
不以人们的意志为转移
百合的时间表，不容改变

任日月穿梭
任春风吹拂
任蜂蝶迎合
她就是要在五月
要在五月开放

九月

我去参加了一个叫九月的诗会
人很多,我走在人群里
有一些认识或不认识的脸孔
房间很大,有诗与风间杂之声
白色、粉色、白色、粉色的气球
我找了个位置,微笑,坐下
或倾听,或浏览,或观察
人们在朗诵时沉浸在糖果般的情绪里
人们释放出五光十色的忧伤
我也是个诗人,也许写得比在场所有人都多
不过人们并不认识我,我就像空气般轻盈
这感觉很好,我吃了一根香蕉和三只小番茄
我没有朗诵一首诗
没有冒昧地加任何人微信
也没有和我喜欢的朗诵者攀谈
我是风,这感觉很好
我像一只气球
充满着
诗意

光点

天花板上有个光点
它来自无方
就像我们手握的时间
只能存在一会儿
它在移动,我们看不见
光点下电影里的生活
和我们的生活同时上演

有多大的炎热和能量
给出了这个暗示
我们的生活有多梦幻
天花板上的光点
它静静看着悲欢的世间

我的字典

给你一本我的字典
里面写满了我对你的思念
从字母 A 到字母 Y

我的字典从汉语到波斯语
成语典故，汗牛充栋
里面有微风竹林里的晨光
还有江边微寒的芦苇

你可以随便翻一翻
让字符去公园溜达一下
让爱情在月光下晒得惨白白
让情绪滑入小透明

我想要选一条透明的河流
将我的字典放生
所有的字母都会游泳
除了再见，它像一块石头
沉入河底

故乡

故乡的拖拉机已经抛锚许久,长满了青苔
亦步亦趋,追逐着火车的节奏远离了荒原
我和那梦中巨大的棉花糖落在了那片池塘
迎接我的是一千五百年前到来的远古悲凉

你小心翼翼折叠起园林的古今山水
任西葫芦与葫芦丝散落在梦境左右
从未揭开的传奇与江河矗立在眼前
用目光抚摩与肌肤贴合的爵士月光

那片云美好如初,桂花院落徐徐展开
我们错过了最浓烈的段落
远山的胸腔里无限泛起的静谧
是泥土里掩埋的蒹葭苍茫

走吧,梦中伊人
走吧,忘了吧

间隙

厚厚的诗集
空白的页面上
短短的诗行
——太浪费了

我留意到这
空白的页面
静静的像海洋
出没着塞壬和抹香鲸

空白不是空无
就像我们之间停泊的感情
当汽笛响起——
在远方，挥起了手

往往是那个调皮的精灵
唉，全怪他——
这个肇事精

心里话

不用费心
去驱赶那些
蜜蜂与蝴蝶

我只是一束
陶瓷花

我可以给你花岗岩的吻
我可以给你
一本蛋糕做的典籍

我的家乡是
景德镇

大雨

大雨一直下
眼泪哗啦啦
　　止不住
怎么劝，都不休

　原来你是
那么那么委屈的
那么那么灰色的
　　一朵云

你活了好久
也忍了太久
终于来到了我的上空

大雨，哗啦啦啦

唤爱

她一直在那里
踱步静伫
我们一直在忙碌
很少抬起头

总是埋首于不要的必要的不必的
总是纠结于无奈的无聊的无爱的

挥霍着,去追求没有结果的
颓唐着,醒来置身于云上果园

她一直在那里
等着与你邂逅

夏梦迟
秋无垢

整理

同样的家具
打乱了重新组合
这就是人生

丢掉一些
再补回一些
这就是呼吸

期待的芬芳
植物的拥抱
快乐永存
希望的肥皂泡

我打乱了房间
找回了自己
遇见一个从未遇到过的自己

灯

二手商店
不经意邂逅了你
跟着我一起回家

从此
我撕扯日光
你托举月亮

你沉静淑贤
夜夜守护
看惯了他和她的故事

雕塑台灯
再见
致敬你
几乎雕塑成形的时光

芦苇

煤屑路的旁边
有一片竹林
竹林的旁边
有几级台阶

顺阶而下
是梦中的河流
小河两边
是秋天的芦苇

折一片芦苇
你可以吹奏秋天
最美妙的声音
包括梦,以及河流

履霜

在一个秋天的夜里
我无心地捡到一颗明珠
珠光变成了火焰
火焰变成飞舞的群鸟

我们的爱进入冬天
火烈鸟到了南回归线
仅剩的一只,它孤单返航
像天边划过的流星

流星来自亘古
去向未知的终栈
它摩擦着自身的热量
落下珍珠般的眼泪

在一个秋天的早晨
我无心地捡起一颗珍珠
我步履着霜,便觉长日将至
我抬头看天,天空了无痕迹

做你的诗人

想为你在花园里种一朵花
想在白云上写一首诗
风起的时候
就让它们消散不见

想在厨房里给你做三明治
想偷偷地从背后抱住你
收集所有微小的甜蜜
变成看不见的诗

天使在羽翼之上舞蹈
四季更迭而时光不老
想做一个你的诗人
让韵律流淌在你我的心河

你在晨间睡眼惺忪
林中飘来水汽 似梦幻海浪
我吻着你的眼眉
做一个只属于你的诗人

偶然的旅客

谁能和你走过人生
穿过数不清的日月山川
我愿做一个偶然的旅客
在某段车厢向你微笑致意

谁能和你漫步沙滩
随意地采撷些许浪花
我愿做一个远处的冲浪者
把海星和彩贝推到你的足边

谁能和你烛光晚餐
欣赏你随爵士乐摇曳的笑容
我愿剪一片月亮,镶在窗外
装饰你明丽的夜晚

谁能获得你的芳心
你将一生托付于他
我愿做一个擦肩而过的旅人
得知你幸福的消息,便安心归途

电影

你们在看电影
电影里的人
坐在电影院里
看另一部电影

在那部电影里
你突然看到了自己
迷失在城市光影
人潮之中

电影结束了
不是你们看的那两部
而是你们
你们这部电影结束了

谷场

在人生的谷场上
我们领取了时间的稻束
没有人在意
你的每一根稻禾长什么样
所有的稻束都将装上马车
送往谷仓,轧成米和糠

稻束堆积在谷场
儿童们将其看作城堡
大人们离场休息之后
他们还在狂欢
沉迷其中,不知归途

妈妈的水果

我不想吃水果
妈妈给的水果
　一直放着
　一天天变软

我不喜欢吃水果
　妈妈给的水果
　还是吃几口吧
这是妈妈给的啊

可是我好爱你啊
　总是说不出口

鞋匠

大路,小路
直路,斜路
花园旁边的路
鞋匠来到他的小店

店里的高脚柜
寄放着琳琅的鞋
每一双鞋
都是不同脚下的路

高路,低路
近路,远路
穿着风衣
风尘仆仆的路

嘿
你取走了你的鞋
我却迷失了
我的路

月光

农忙的时候
月亮化作镰刀
帮农民收割了
一些稻子

她怕农民看出来
故意收割得
不多也不少
不那么明显

她怕农民瞧出来
匆忙地离开
还是留下了
月亮的身影

别问我怎么知道的
反正我的仓库里
有一把橙黄色的镰刀
——外公给我的

时时刻刻

一万顿美好食物
看夕阳遁入云垢
抚摸你柔肩的美丽
你的微笑融化一切

猫咪飞奔过我的躯体
紫茉莉侵略我的院落
空气中蜻蜓的闪烁
还有花露水的香气

夜幕下路灯的交替
空气中梧桐的诗意
琴叶榕昂扬的姿态
黑白键停泊的旋律

哦,吾爱
为了人生每一个
吉光片羽的时刻
为这人生,欢庆

面具

这是个出名的面具
在日光或月光下闪烁
世人爱慕的极致
璀璨或幻灭在隐隐流动

地上时间的菁华,瞬息万变
天空消翳的岛屿,黯淡浮沉
她在黑魆魆的影子里窥探
在深不可测的诡计里丈量

这是个出名的面具
你戴上去荣耀加身
面具成就了你
你变成了面具

写我

你离去的阴影写我
空中凝固的泪写我

秋叶的宛转迂回写我
阡陌两边的庄稼写我

幽夜的水龙头呜咽写我
灯塔的昏黄写我

很长很长的隧道写我
丢失的自行车写我

沉迷于你的紫色写我
摩天轮上的高脚杯写我

我从来没有,写过一首诗

语言花朵

我送你一朵
　　语言之花

你折下一片
带着形容词的花瓣

我用哲学之水
　　泡一壶茶

你轻抿一口
吐出一串虚拟的烟圈

蔷薇

脆弱的蔷薇日子
绕过它的刺,轻轻
水的语言,以及
波纹的赞美,合成

日子的蔷薇脆弱
快递的涟漪,抵达
清晨露珠,闪现
情人的谜语,无解

蔷薇的脆弱日子
绕过它的蚀,月光
轻声的合,悄悄
蜂蜜的脚步,逾过

昨日之我

昨日之我只是一颗种子
迎向我今日，思想之花朵

昨日之我只是一段树枝
　通向诗意之我的旅程

昨日之我只是一粒花蕾
　午夜的泪水只是灌溉

昨日之我迅疾凋零，灵魂速朽
　成就某种打开浪花的姿态

昨日之我，安睡与否？

樱花

是谁在我身后
种下了两行樱花树
每当我回头
樱花假装凋谢

今夜我将遗失的花朵
捧在我的手心
我愿将它磨成粉齑
再渗入我心

是你吗,悄悄远走的行人
我是你树下的游子呵
樱花树不会有樱桃
但我流连的地方自成蹊径

梦中樱花树
你是属于我的
属于我的,最后的乡愁

等

天空三块牛奶白
两侧咖啡行道树
我在橙子味操场等你

喝完了咖啡
喝完了牛奶
我继续喝着手里的果汁

喝完了天空
喝完了树林
我把操场一口一口吃完

然后回家

词语

词语是士兵
此刻任我差遣

词语是棋子
方寸间纵横捭阖

词语是砖头
建造巴别塔的决心

词语是梦境
人世间一场大梦

词语是麦穗
捆在一起就无法摧毁

从你嘴巴里冒出来的词语
我都喜欢

水晶

我这威士忌的不羁
想随着灯火遁入阑珊

我这三千年的悲伤
想夺取你的一根白发

我这冰封的水晶之心啊
　　伪装成冰块
　　进入你的杯中
　深陷于你的眼眸之中
　　　溶化，溶化
　　尽情舞蹈，溶化

释然

我有一种蜜蜂的不安
一种老虎的大胆
一种青蛙的盘桓
当你依偎的时候
这些全部都消散

我有一种水杉的淡然
一种百合的勇敢
一种月季的自满
当你离去之后
在我写诗之后
找到了释然

大熊的诗

一只熊的出没
草丛与密林

大熊，一名特殊教育从业者，一个跟着孩子学写诗的爸爸，一个坚持在朋友圈写诗的人，一个为爱而活的人。

沙漠里的油菜花

我曾在一个繁星满天的秋夜

躺在塔克拉玛干沙漠腹地

一座十米高的沙丘上

聆听远方的狐狸唱歌

天上的星星是多余的

我躺在无数星星的身上

塔里木河、胡杨和红柳也是多余的

江河湖海在体内流动

草原森林遍布每寸肌肤

那晚的月亮偷偷吻了我

临走时在我心里

撒了一把油菜籽

以后每年的三月

我的心间

都是一片明亮的黄色

归墟

我路过的废墟
石梯爬上断墙
枯枝静靠破窗
山雀据此为巢

夕阳下的老人
收拾地上翻晒的黑米
抬头露出诡异的微笑
小孩手中的假蛇
还在妖娆舞蹈

夜游的鱼与竹林中的鸡
争先寻找桥洞下的白鹤
星空下被月亮偷走的记忆
任由墙角的茉莉与夏虫
轻声诉说
这归墟的诱惑

琴声与玫瑰

冰雪包裹的瓷泥
在揉搓中一点一点
消融了对恋人的等待
带着一丝手掌的余温
冲上一个人的
死亡之途

强风扯下时间的车轮
卷走他者的渴望
就连喘息声中的对白
也在未知的气流中
迁徙他乡

海面上滑行的星星
像劈开黑夜的火把
在废墟上空
点燃蓝色的烟花
烧掉遗忘与孤独

那温柔的月光

继续与夜纠缠

悄无声息的迷雾

轻轻托起翌日清晨的

　一片白云

盲道

常熟路的盲道
比其他路的
略宽一点
闭眼走在上面
一脚沟槽
一脚圆钮
跟大地交谈
全身长出眼睛
在漆黑的夜里
触摸白昼

花

夜里一场大风
刮落了这个春天
最坚强的花
花的密语
似乎只在
骤然消失间言说
我们的惆怅才更从容
我们的错过才更深刻
只有淡忘
花的容貌才真正显现
他们的致意
只有在太阳的缺席中
才意味深长
当鲜花成为寻常之物
无论街边还是商场
我们完成了对花的统治
而花也由物变成了词

等候

趁着还有几日
把春天写进诗里
路边繁花已逝
只剩两侧浓荫
绵绵春雨的回声
开始变得模糊
枝头鸟儿的欢鸣
逐渐缓慢
地铁里的风
分不清是冷还是热
到处都是面露微笑的人
闭眼感受心中的宁静
却听见血流汹涌
记住
只要有一个人
站在心上
这个春天
就永远
不会离去

樱桃

如果大地是透明的
我的脚下
一定生长着
无数个你的影子
像根茎一样
在地下生活
那么天空将是浑浊的
那些想对你说的话
像密密麻麻的蒲公英
堆成了一层又一层的云
连阳光也无法穿透

如果大地是透明的
天空是浑浊的
那么群山都将拔地而起
江河湖海倒悬于空
万物皆可御风而行
枯木在寒冰内生长
繁花在烈焰中绽放

缓缓睁开眼睛

茶几上的

几颗红樱桃

每一粒都在咆哮

用柔软的身体

封堵着喷涌的火山

蓦然间

眼角已流下

红色的泪

隐藏

青年旅社

青海

小红

敦煌

沙漠

钟立风

流失

过客

雪夜

脚步

石墩子

白色的孤魂

在午夜三点

眼泪蒸发

把雪花

丢在雪地

淹没了呼吸

挤压触地的声音

电话亭的烟头一地

被白雪覆盖

像什么都没有发生一样

太阳探出身影

在凌晨五点的夜里

一颗麦子提心吊胆的春天

是最爱的人离开的门

看着昨晚演唱会留下的字词

犹豫要不要

把它们写成诗

还是就这样吧

不去加工和处理

它们就会一直

留在原地等我

诗的隐蔽

呼吸

总是，忍住，不去联系你
　　想让自己原地站直
　　　　直接睡去
这样就，不会有一点儿动静

可是即使，自己没有一点动静
　　耳边还有鸟叫，还有虫鸣
　　　他们窸窸窣窣谈论的
　　　　　还是我和你

　　声音是流动的河流
小时候，我全身都是耳朵
现在，我的耳朵里全是你

原以为，沉默可以将你否定
　没承想，思念逆流而上
　　你让我变成婴儿
　　就像我从未长大

薏仁山药粥

一群薏仁

也没躲过

山药的孤独

水开了

由生向熟的旋转

往左或者往右

微不足道的选择

也是生命

最神秘的敞开

敞开,向外的膨胀

语言从贝壳中流淌出来

两种坚硬

最终都选择了柔软

相册

手机里最沉重的箱子
把爱人跟书籍
通通塞进里面
有时候
它是一座庙
虔诚地用抹布擦拭
每一块窗榻
每一根柱子
向时间磕头
删除永远比保留更多
想清空的时候
盖上它的盖子
这样就不用担心
它的底部
还装着什么
已经腐烂的花
生命的气息
由图片串成的曲
用来倾听的藏身之所

殇

三楼过道里

有两架钢琴

横放着一架

竖放着一架

这几天

我去看了他们

很多次

也许很多年以后

听你弹琴的时候

还可以跟你聊起

这个五月末

楼道里

又苦又涩的风

N

想放一把火
烧了这个春天
让明亮的绿变成焦黄
却不忍麻雀
在地上捡食灰烬
不是要放火

幻想这个世界
能有一个人
真正了解我
那纵火的心

天空突然
下起一阵小雨
我不打伞
留一颗火种
在不被打湿的角落

塑料袋

斑马线
一个高挑的女人
白裙盖过脚踝
风儿推动裙摆
完美的弧线

逆着风
一朵洁白的云
清扫地面

风停了
我原地下坠
来到地面翻滚

风又刮了起来
我再次升空

一只透明的塑料袋
爱情的热气球

容器

我遗弃了所有
盛放感受的容器
我贪婪地
把情绪塞满身体
每走一步
都会掉出泪水
我以为
一个人
可以活得孤傲
没承想
不经意地回头
它们全都
悄悄地
跟在身后

祈祷

昨晚一场雨的清洗
像做了一次筛选
刮落满地的树叶
树枝上只剩一片嫩绿

随手捡起一片
我真的了解她吗
我又能够
盯着她看多久

坑洼的纹路上
有鸟虫停留的痕迹
也有四季的味道

一片树叶里
藏着全部
就像这一刻
你和我
互相看见

消失的她

地铁车厢里
涌动的人潮
闭眼在空无的黑夜
听见落雪
独自一人
穿过地下通道
凉风袭来
裹着些许金属的气息
回味方才
右侧脸颊贴在
赤裸扶杆上的冰凉
站外几片
探出铁网的叶子
在午后的阳光下闪耀
这醉人的孤独
光洁如新

我把四月劈成了两半

四月是你的
眼泪是我的

溪流是你的
枯枝是我的

暖风是你的
寒露是我的

星空是你的
灼日是我的

我把四月劈成了两半
只为把你放在
心的最中间

心疼

你的吻将我钉在了
　　月亮的脚上
　　我被你悬挂在
无限的黑夜里摆荡

　　　自此
　你成了我的时钟
秒针挪动的每一下
都拧在了我心窝上

月食

太阳将月亮

判决

给了地球

惩罚

她活着的时候

都围着他转

每年会有两次

被狗偷吃的机会

变脏的花瓣

人孤独吗
一朵花孤独吗
老胡拍来一张山茶树的照片
我问他能摸摸山茶花吗
闭上眼睛
我用大拇指捻搓
食指与中指的指肚
仿佛触摸到照片里
那朵山茶花的花瓣
我为什么要进入这张照片
又为什么想要抚摸这朵花瓣
就像我捏住了你的手腕
感受脉搏的跳跃
听见枝叶的号叫
这朵花儿也慢慢变脏

银杏树的梦

如果不是一场雨

银杏树还以为在夏天

零落地面的叶子

是走散的星辰

爆炸前

那么熟悉

而此刻

竟又如此陌生

急促的鸟叫

似乎在追问

路过的人们

消失的果子

都去了哪里

时间像一块麻布

重新披到了

光秃秃的

树身上

猫

冬夜
暖黄的灯
你在脚边磨蹭
把柔顺的毛
缠绕成
一股麻绳
捆绑住我的双脚
风阵
哮喘的窗
你站在台上
凝望着空中的沙丘
滑向黑色的海
墙上的钟
嘀嗒嘀嗒
意识
一点一点
在喵叫声中沉沦
我的灯
被你灭了

黑猫

一只黑色的猫在墙垣
自言自语
零下五度的夜晚
我在街头游荡
四目相对的那刻
它用沉默
代替了诉说

一百年后的旷野
遍地都是遗弃的
机器宠物
一道闪电
它们在震颤中
集体消遁
留下一片刺眼的
蓝色迷雾

闪电与避雷针

一道闪电
跨越星河
奔赴地面
震耳轰鸣声
是它爱的宣言
云霄之间
塔顶红光闪现
宛若
她眉心的那颗痣

啪嗒
接触即是死亡
我搂起闪电的腰身
在路旁的
一棵香樟树下
将它埋葬
树梢弹出一道光
那是又一道
奔向重复的爱恋

家与旅馆

我住过一个叫家的旅馆
直到有一天
我把旅馆背在身上
然后住的每个地方
都叫作家

老黄

夜是光的孩子
一天
他吞下了整个太阳
低头
却看见一抹烛光
把自己照亮

光

头顶被一道白光击穿
我诧异
你在我的身体
拧开手电
撕开黑色的围帐
口中的花朵飞向窗外
时光在屋顶鸣叫
仿佛在和
悬空的诗人交谈
你找到了我
在这个细如灯芯的长夜
我的手掌
慢慢长出了眼睛

电缆工

他跪在井边
干裂的嘴唇
像要喝下整条地下河
一旁盘旋的光缆
卷走了白昼
他无力地等待
等待着黑夜
在地下宫殿里穿行
我从路旁经过
他抬起瞳孔里
闪亮的星星

夜岛

细密的星星

哼唱着

轻柔的海浪

晚归的渔船

点亮了

灯塔的橙光

习习的海风

引过来

松柏的幽香

用手捂住树的脸

传来一阵阵颤动

你说那是

海岛的心跳

闭上双眼

就能看清你的样子

而我

也从未离开你的身旁

等待

草丛里有朵花
面容憔悴
在这个悄悄溜走的春天里
有她最美的模样

无人称赞的时候
她快要把自己忘了
也不愿再跟那些虫子
说起他们不懂的爱情

在生死未卜的夏日梦境
她说幻想才是永恒
那可笑的爱啊
一半是勇气
另一半是缘分

童年

窗帘在跳舞
迎着对面楼栋里
剩下的一丝光
落雨的脚步声
渐渐远去
一阵梦呓
爬进耳朵
那咯咯的笑音
牵着我
钻进孩子的梦

彩色的瀑布滑梯高悬于空
连接着一座座山洞和岛屿
柔软的白云长着翅膀
随时准备着
给不小心摔下来的孩子
一个大大的拥抱
我竟看着入了迷
忘记了回去的路

踏梦

我循着梦的脚印
找到了一片隐藏的山林
圣人的雕像下
开满了白色的四瓣菊
我在他的脚下驻足
眼前的一弯清潭
忽然直起身体
流淌成一座三角形的门
我却怎么也望不见门内的东西
灰白的崖尖上
露出了守林人的房子
找不到上山的路
空寂的山林
沉鸣着阵阵低语
乐于分享
视如己出

醒来

一只黑色的蚂蚁
突然学会了站立
眼前熟悉的街道
突然陌生到无路可去
昔日的同伴鼓弄起他的双腿
以为这是两根细黑的树枝
"喂,快醒醒,我们可以站起来"
原来他还得到
进入其他蚂蚁梦里的能力
做梦的蚂蚁揉了揉眼睛
"奇怪,怎么大白天睁着眼睛还能做梦
这声音到底来自哪里"
站立的蚂蚁捏紧拳头暗下决心
决定叫醒每一个装睡的兄弟
"啪"
一只大脚从他身上踩了过去

叶子

终于看见了太阳
一片叶子躺在水塘
太阳那彩虹色的胡须
轻轻地扎在叶子身上
也触摸到她甜甜的梦乡

她出生在姐姐们的阴影之下
哪怕她再努力生长
也不配拥有阳光
她们嘲笑她跟所有的叶子都不一样
只有下雨时她才能从雨滴里看到自己
一片白色而弱小的叶子

她喜欢天晴
能看到身边的斑驳陆离
即使这世界连属于她的影子都没有
她喜欢雨天
享受雨珠敲打身体带来的疼痛感觉
还能品尝到平时去争去抢也得不到的甘露

她喜欢阴天

这会让她感受到一丝丝的公平

其实她喜欢活着的每一天

无论天晴下雨还是阴天

因为只要活着就是美好

有一次大风刮断了她的胳膊

只差一点点她就被整个撕落下来

还有一次一只虫子咬掉了她半张脸

她甚至还听到虫子嘴里嘀咕着

怎么这么难吃

她什么都没有说

只是顽强地活了下来

一点一点努力地长回原来的样子

每一次受伤

她都觉得自己又重新活了一次

这一次幸运之神没有眷顾

在一个无风的炎炎夏日

她干枯的手臂好像使完了所有力气
她就那样直直地摔了下来
原来树下有片水塘
这是她第一次完整地看见自己的样子
在水塘温柔的怀抱中
叶子还看见了从未见过的阳光
一阵眩晕竟然让她直接睡着了

"爸爸，快看，这里有片白色的叶子"
"是啊，一片白色的叶子"
"我要把她做成标本"
当她再次醒来
眼前的台灯跟太阳一样眩晕
她躺在了标本集里
她想这里一定就是天堂

水晶杯

这是一个巨大的酒杯
晶莹透亮宛若水晶
她奋力地攀爬
翻越杯壁掉入杯子中间
用指尖轻轻抵着墙壁
俯瞰着外面的风景

我问她为什么住在杯子里面
她收起笑容凝望天空
脸上浸染出恐惧
因为害怕溺水

每当天空要下雨
她都惊慌般将杯子倒立
迅速地钻进这圣洁的寝宫
优雅地欣赏雨水滑落穹顶
她知道自己不会游泳
却不担心窒息

我是多么渴望一个漫长的雨季
驱赶走所有侥幸的蚂蚁
看她憋紫的脸
用头撞碎这晶莹透亮
宛若水晶的墙壁

坚毅的酒杯突然化作
一朵沙子做的玫瑰
随即又坍塌
变成地上的绿芽
一座花园

她给这个花园
取了一个名字
用来纪念自己苦难的生命
那块牌匾上写着
——为爱而活

守望

河里住满了眼睛

他们藏在水下

随波逐流

在不停地流动中

满心期待

能与岸边的目光对视

哪怕只此一秒

他便能一跃而起

升到天空

成为最亮的星星

松鼠与熊

西湖的一角,枝叶蔓延
仰头看见一座隐匿的花园
一只松鼠把它孤独的爪子
搭上我的肩
邀请我跟它一起玩
迎着白色的太阳,我走向树梢
围墙斑驳的树影中
一只慢吞吞向上攀爬的熊
突然我的脚下越来越轻,越来越轻
原来每棵树都可以飞
麻雀衔着一朵玉兰花,紧跟身后
掠过一片粉色的霞光
松鼠消失在云端
春天返回了地面

归途

彩色布纹铺饰的屋顶
溜出阵阵梦呓般的诵吟
蜻蜓排坐在瓦檐
侧耳聆听

灰白碎石垒砌的墙角
大树趴在墙头发呆
青苔顺着树干上的泪痕
爬向他的双眼

蓝色鼠尾草从石头缝里
伸出胳膊
握紧清香木的叶子
在地上画出圆形曼陀罗

一只麻雀从云端
坠入晨晓
这是诗人的归途
三万米夜空的奔赴

巨大的谜

沙沙的树叶
挡住了摇曳的风铃
一只黑色麻雀
微昂地停在树梢
舒皱的衣褶
隐匿了对他的念想
油亮的翅膀
慢慢露出肚子上的眼睛
一个答案
即将被掀开

情书

想给你写封信
让风交给你

看清晨清澈的石头
在镜子里游泳
水从身体里的孔隙穿过
混杂着一万米之下
地心冷却的味道

看午后犯困的太阳
在地上打瞌睡
情不自禁地笑出声来
又担惊受怕地睁开
惶恐的眼睛

看晚上朦胧的月光
在磨砂玻璃上
用力摇晃着树的影子
心里想着你能看见

却又不忍发出一点声音

沉默是永恒
愿我成为我
你成为你

晚秋

我们踩在脚底的光
是你穿过无数
星尘的逃亡

抬起头
街道两旁的梧桐树
只差一点点
就牵到了手

转角处
市政工人
挥舞着剪刀修剪枝叶

忍不住回头
再看一眼
这欲言又止的晚秋

早春

害怕手掌的抖动
改变你眼前的梦
万花筒里的四季
　　　保持恒温
你眼眸的那棵柳
一条一条变粉了
　　像结壳的冰痂
一点一点剥落下来
露出崭新的皮肤
　　　　是啊
这棵粉色的柳树
　　　拯救了
这个寒冷的春天

在每个夜晚奔赴大海

银色的夜晚

我站在树旁

悄声问你

无人的晚上

花还会开吗

你说

每当夜幕降临

就会奔赴大海

我注视枝头许久

用沉默目送你离开

今早地上

全都铺着湿润的花瓣

天上的雨

也有一点点咸

钓草的人

麻雀被香烟熏得睁不开眼睛
树丫上坐着一个钓鱼的人
一杯又一杯奶茶盛满荒原
聆听柜台前骑士的召唤
树叶的脸蛋有些过敏
小心翼翼涂抹着红斑
一旁的花儿担心传染
纷纷躲远
只有那虔诚的草儿
蹲守在地面
守候着夏风中的鱼钩
再次出现

安眠

一杯水
面对一张饥渴的嘴
需要另一杯水
一盏灯
面对一扇明亮的窗
会出现另一盏灯
一个人
进入一场游戏
要启动一个身份
否认的欢腾
通常止于承认
沉默远离一切谎言和粗俗
真正的说话
是沉默叠加了允许
不对称的公正
一位诗人在房间的角落睡着

错过

相爱的人们
是这世间的谜
为了爱情
我们迷失自己
穿梭在无路的森林
像一只蜗牛掉进了海里

直到拥抱以后
感觉不到他的身体
我们的承诺
纷纷陷入了沼泽

直到无处安放的双手
环空拥抱住空气
才能够确定
在最好的年纪
错过了你

一粒雨珠的想象

义乌的雨断断续续

像云朵张开的手臂

断断续续

霸占着

对大地的抚触

垂直降落的

每一粒雨滴

都包裹着一个梦

没人接住的

也会用吻钻进

屋顶和泥土的身体

融入想你的每次呼吸

比真实更真实的看见

是信息构成的物质
熟悉常被陌生包裹
我望向窗外
马樱丹的叶子
紧紧抱着旁边的身体
在夏风中轻轻摇摆
如果说相遇是偶然的
互相看见
则是真实的必然
在无限的宇宙
和漫长的人生里
伪装是有限的
孤独也是有限的
流向他人的注意
会将你一起卷入
爱的溪流
亦如这酷夏的心脏
扑通奔向清凉的夜晚
黑暗里的靠近

马可

台风转了弯

云却没有回头

太阳诡异的笑容

残余的风

在空中肆无忌惮地舞蹈

天没有更热

也没有变冷

垃圾桶张开嘴

向外吐出

彩色的泡泡

那个渴望被钢琴砸中的男人

站在福州路的十字路口

抬头望着

天上急行的云

拾起一片玛瑙色的梧桐树叶

女巫

狮子奔跑的气流
点燃了夏天的野火
燃烧旷野
星星在灰烬里重生
尤克里里安魂曲
骑狮的女巫
打捞游魂
金色的发梢
荧光闪耀
格桑花与鼠尾草
灵魂的香味
风是她的笑

日出

太阳钻出树洞

去找梦中的鹿

凌晨四点半

海面的风

是青蓝色的

鸟儿骑着扫把

在空中追赶星星

赶海的人们

起了个大早

在海滩捡拾欢笑

白云在奔跑

冲向谁的怀抱

远处弯曲的桥面

是你湛蓝色的笑

日落

倾斜的门框凌空旋转
那里通达何处
蓝色蝴蝶停在窗台
红色的球形灯
在房顶跳华尔兹
跃动的烟雾涌进肺里
引燃沉积许久的花火
夏夜的风有些湿热
一点五倍的威士忌
愚园路的梧桐树叶
开始微醺
天上的星星一闪而过
昨天走过的路上
不会留有今天的影子
再来一杯龙舌兰吧
从日落到日出

提纯

你还有话要对我说吗
我们绕着熟悉的马路
转了好多个陌生的圈
把地铁口
走成了迷宫的终点
最后还是
说了一声再见

如此平常的一天
我们会如何编辑
此刻的经历
作为明天的回忆
你回头看我的时候
有没有发现
我快速地把头扭了回去

你对我说
所有留恋的
都将成为恐惧

关系只会在变化中不朽
我想让
跟随时间流淌的渴望
留下纯洁
递给我们未来的耳朵

念是此刻你在我心上

你偏爱的沉默
是否是对他
记忆的消磨
时间禁锢的流动
是否只允许光泽
栖身凝视之中
夏夜的凉风
也在温柔地抵抗狂热吗
那轮明月
是否也在云间彷徨
遗忘孤独的虚空
不经意的一个哈欠
是你也在想我吗

红唇游泳圈

打气后
干瘪瘪的游泳圈
优雅地丰满起来
一张红唇
沿着河道行走的人
扛着这具
不知从谁身上脱落的嘴
从浅滩处下水
在溪流中漂泊
接受树叶旋转下坠的亲吻
扑哧
河里一处锋利的石角
划破了下嘴唇
飞速地塌缩
留下另一半上嘴唇
在闪亮的水面
独自丰盈
一瓣月牙拖着红色的尾巴

被一个梦拉长的夜

你又来到了梦里
这一次转了身
手里抱着一个婴儿

你的头发剪短了
面容更加稚嫩
手中的那个孩子
好像是我

安静的嘈杂

坐在山坳里
阳光最先照到山顶
像揭开了晨昏的锅盖
澄明从天而降
风是从脚底钻出来的
惊扰了蚂蚁的梦
四脚蛇赤身裸体地在草地穿行
青蛙、蜜蜂跟鸟儿
一边数数,一边吟诵
一边在山谷里转着圈
安静的清晨
有十八种声音
太阳从山顶
慢慢走了下来

快进

池塘的鱼儿
仿佛知道有人过来
纷纷向岸边聚拢
见我坐定且无其他动作
便缓慢地在水下巡游
它们在水草中穿梭
跟其他鱼儿擦肩而过的时候
似乎并不打招呼
一只掉了彩鳞的黑鱼
不停向着岸边石头发起撞击
弄出的动静
无鱼效仿
但引起了我的注意
我站起身来
像一瞬间
点击了水下的快进

画作

把不同形状的叶子
　　染上颜色
拍打在白色的餐布上
　　就是一副现代画

折断它们根茎的痛苦
　　是脆弱而短暂的
当我用木棒为它们涂色时
　　分明听到爽朗的笑声

也许此刻它们回应了
　　千百年来人们的拷问
　　　什么是美
　　身体的细纹即是答案
　　　来去　之间

标签

每隔两三天
就要刮一次胡子
顺带把头顶的蝴蝶一起刮走
打扫它们比打扫房间积极
像是不允许时间在青铜器上露出马脚

身体是爱的货架
分散的部位开着 24 小时直播
虽然贴着 # 情绪、品味 # 的价码
但只租不卖
管那些打赏的主儿叫作爸妈

吃进嘴里的小鸟
坐着黑暗里的过山车
历经千沟万壑
终于抵达胜利的终点
拥抱光明
捧起离去的奖杯

时间的迷宫

每天早晚
小区门口
都围坐着一群老人
打量着来来往往的路人
多数时间都在沉默
偶尔看见他们攀谈
不约而同地挪动屁股
追逐时光抛给太阳的阴影
他们看见的我
和我看见的他们
神秘地转换
不可穿透的想象
时间的迷宫
是出口也是入口

以诗为伴

跟诗过日子吧,感觉也许不错

它随叫随到,且从不拒绝

不会埋怨你拍的照片难看

也不会调侃

你没点中它想吃的菜

把一生的谜都交给它吧

那些沉重的思考可以像纸一样轻盈

你也一定比它先松开手

那些不曾见过的人和风景

它都会有机会 替你看见

跟诗去过日子吧

没有勇气也能甜蜜

选择隔绝也不孤单

当你决定离开的时候

没有悲伤没有哭泣

它会等来爱你的人

井盖

路过井盖的时候
多数时候都会绕开
像担心踩到了地雷
路过枯树叶就不会
甚至还会更用力一点
听它们碎裂的嘶喊
每座城市的井盖
长得都不一样
井盖的下面
会有什么不同
人们从不会把想象给它
即使偶尔硬币或者戒指
从缝隙坠落
也会摇头或者咬牙
说声"算了"
隐形的门
通向秘密的入口

拘禁

我重复走在一条路上
用无数种心情
在起点和终点
来回切换
沿途的一棵棵香樟树
一边保持着表盘刻度般的同等间距
一边悄悄把头靠在了一起
直到有一天
我在来来往往的人们眼里
看到自己面无表情
我才发现
这条马路
早已把我拘禁

诗稿

第一次去马可家里的时候
他抱给我半人高的诗稿
我一下子没有接住
差点闪了老腰

每本一百首
他用 A4 纸打印
然后装订成册
在扉页用序号对诗加以排列
这是他建议的阅读顺序

每一首都是密密麻麻的
旁批和圈改
像密密麻麻的蚂蚁
把我的壳一口一口咬烂

手机链

一根亮闪闪的链子

拴住的不是

星星、月亮和玫瑰

是你对我

每一次的承诺和反悔

我用尽全力

只拴住了这个世界的荒诞

每次发你信息

我都有一百个理由

解释你的"只读不回"

今天你却跟我讲

没有遇见之前

我们都是一颗铁件

独自冰冷

当我们在一起

爱情成了一条驾驭生活的缰绳

无往不胜

我要不要再信你一次

秘密乐园

树叶是风的语言
当你有一天
能够听清风儿说话
你会发现满大街
无处不在的诗句
汽车是文字，电瓶车是标点
街道是河床
涌动的鱼儿
顺流、逆流、旋转
瞧，那个小孩
冲我鬼魅一笑
他明白
此刻
我抵达了他的乐园

重生

两团根茎
在黑暗里遇见
触碰、簇拥
由下至上
缓慢地攀爬

然后冒出了芽
生长、膨大、开花
一瓣一瓣
将彼此的存在
融入自己体内

在每一天的黎明醒来
心中都能涌起一股感动
是闭上眼睛就能看见
你把我的世界填满
睁开眼
就像婴儿第一次遇见光明
整个宇宙在你这里重生

回答

第三张卡牌
我抽到了角落
一个男人蜷缩其中
像退回到母亲的子宫
一处避难所
墙角的裂缝
塞满了无数个失眠的夜晚
斑驳的墙皮
传出雨的呼吸声
这是命运最终的安排吗？
中断的梦想
是一只瓢虫背上的斑点
那最卑微的
被自己无视的感受
——浮现
一觉睡了十个小时
去到了记忆的最外面
从角落出来
才能看见角落

拉黑

后座的两个姑娘聊天
"你怎么还在理他？"
"他一直找我呀……"
"拉黑啊！
这年头，
你把他拉黑，
他还怎么找到你……"

是啊
活生生的人
缩小尺寸
一个灰色的头像

从熟悉到陌生
只需要手指一划
亲爱的，再也不见

最后一粒沙子
从漏斗滑下……

生活被石子击中

一座城像一只蝴蝶
藏在街头巷尾
井盖、路沿石、围栏、消防栓
全都留有它的气味
你在蝴蝶的翅膀上行走
目光停留在绚烂的花纹上
却忘了厚实的脊背和灵动的触须
像走在沙漠
却忘了手里牵着骆驼
可供旅人栖息的湖泊
是腰间的一颗痣
盛满了想象或记忆
蓝色的城市
湖中的倒影
一瞬间的欢纵
都没了踪影
啊，生活
被一颗石子击中

海滩

辛辣的海风席卷了我
连同辛辣的太阳
要一起吞掉这个清晨

蜿蜒的海浪也想把沙滩占满
一次比一次靠近
带着抹香鲸的气味

远处传来女人的笑声
用相机交换着情绪和记忆
孩子在奔跑
用脚步织下捕获时间的网

一座桥伸进大海
像一把勺子
看不见的城市
看得见的蜃楼

英仙座流星雨

短短几站地铁
在手机直播里看到了三颗流星
一颗来自陕西汉中
另外两颗来自贵州遵义
英仙座流星雨极大之夜
璀璨的流星啊
在冰冷的宇宙等待了多少个日夜
只为奔赴这一场焚毁
无数人祈愿的盛事
是你们的葬礼
2.5亿光年远的英仙座
究竟发生了什么
而你又有什么话
想要对我说
我闭上眼
也变成了一颗星
浸泡在冰冷的云团
等待从你的天空划过

一朵野花的反抗

芦莉草

是一种粉色的花

混在绿色的长夜

倔强地绽放

在刚刚过去的七夕节

没有路人

也没有鸟儿或是蜜蜂

注意到它

它仍兀自开放

花瓣的皱褶

白色文字

密密麻麻地写满诗句

它咬牙抵抗着孤独

用不睡觉

来反抗太阳

路灯下

它举着沉默的梯子

缓缓爬出围墙

七夕

开满凤凰花的鼓浪屿
炙热的红填满树梢
无须言语
尚未发生或已经失去
当花决定献出自己的身体
等待已是完满
毫无所求地敞开花瓣
它便掌管了季节
秋风还没到来
夏天已经离去
花儿在枝头停留
相信感受
不曾相见的每一天
都是七夕

这个秋天的第一场雨

突如其来的

一场雷暴雨

给这座机场

按下了暂停键

出港的飞机排起长龙

吃瓜群众翘首以盼

天上又是哪些神仙在打架

找点乐子吧

给生活上点菜

写首无病呻吟的诗

好过等一个聊得来的伴

打开手机便签

把话慢慢说给自己听

夜里的风已经变凉

秋天的第一场雨

就浇灭了整个夏天

连一个背影都不剩

把我自己交给你

一旦剧情超出想象
激情便会悄然退场
平庸霸占舞台
将冷漠无情表演到极点
孤独会继续容忍麻木
等待落场
完全暴露自己
但不愿自己看见
光着身体戴上假面
追光灯打到最亮
让光线射穿地板
影子无处可藏
我们轻言细语躲躲藏藏
是因为我们都没勇气
进入彼此的生活
就这样吧
我把死拽在自己手里
把生活交给了你

粉色面具

深夜的孤独

如期而至

立秋的第一晚

秋夜比树叶更先掉落

我可以不孤独

文字,图片,发圈,点赞

酿造全好友可见的美好

可是,孤独可以分享吗?

能够分享的孤独

还叫孤独吗?

今日诗会进场

邦尼让我闭上眼睛

我抽中一个粉色狐狸面罩

粉色狐面　耳边悬铃

戴上面具的我

知道自己并不孤独

硕果

秋来了

悄无声息

无目的的交往

是匿名者

献给未知者的礼物

通常秋都会用沉默

等待遇见

而将交流的渴望

留给自身

仅存的硕果

狗

张嘴喘气,伸长舌头

它顶着一个橘色的头套

在桑拿夜的街道

漫无目的地行走

离弃人类的大脑

将语言遣返至四肢

在茫茫人群里

看见了时间的尽头

它笑了

那只是时间迷人的幻觉

向众人敞开

限度与阈值的拉扯

在不可抵达之处抵达

在不可言说时沉默

一只狗

没有尾巴

渴望一个完整的身体

这贪婪并荒谬吗?

蚂蚁

蹲在沙泾巷的左岸
我等待着苹果落下
宇宙的微尘
在地面的沟壑流动
绣墩草的种子
是屹立的山峰
闯入的蚂蚁
睁大眼睛
像婴儿探头张望
用微笑驱赶我的凝视
清澈的眼神
似乎在提醒我
对外的观察
都是指向内心

粉色车厢

地铁里
飘进来一朵
粉色的云
一个披着晚霞的女子
连挎包也抹上了腮红
那一头黑色的长发
像掉进了溪水的树林
布灵布灵眨着眼睛
微耸的肩胛骨
是两座粉色的沙丘
暗藏清泉
这温良的车厢
挂满了樱桃

思念

天边的那朵云
是你勾人魂魄的唇
落进门前的池塘里
沾满霓虹的紫薇花瓣
窗外的这窝竹
是拨我心动的弦
数声雀叫问蝉鸣
夏风瑟瑟何日能相见
昨晚睡时的月亮
今天会到你那里了吧
彻夜攀谈的晚风
有没有记下我的难眠
午后的树荫
在地上写起了诗
满地的草木
朝着同一个方向
挥舞的手不愿停下

我伪装成一匹马

我伪装成一匹马

从黄昏站到天亮

在黑夜

看树木用钝刀雕琢身体

路灯在无人的街道游荡

我伪装成一匹马

等待猎食的野狼

听它用爪牙撕开我的胸膛

露出不再炙热的心脏

我伪装成一匹马

在烈日下跳舞

和自己聊天

让谎言渗出地面

影子变得明亮

我伪装成一匹马

看见路口站着另一匹马

它却对我视而不见

这诡异的街头

山花的气味

火烧云的诗

琥珀色的云朵,像火照亮了时间与远方

火烧云,文字工作者,曾在《诗刊》《参花》《作家天地》等报刊发表诗歌。

关于·诗

忘了，始于何时
有些文字不断跳入脑中
——
数学课上的神游，骑车
被风轻轻托起
……
可少年的欢喜总是纯粹
一头扎进快乐里，容不得半点分心
诗歌也不行！

后来的，某个瞬间
某些从《某首诗》中醒来
——
秋日晴朗调和出的忧伤
引来"山水辽阔不合时宜的孤独"
只好于无声处，笔画间
寻一种隐秘的方式，藏匿
不为人知的心事

成长,总会在时间里
留下一些"故事"
害怕被误读,更怕被解读
干脆,将文字剪碎
以毕加索的方式
——拼图
越似是而非,越欲辩忘言
解密的钥匙深藏在
每块契合灵魂的形状里

有时候,思想徘徊在黑夜
连梦也被禁止!
沉默的缝隙偶有碎片投入
那是诗人的残骸,如一道光
劈开黑夜的内核,释放
巨大的疼痛!
原来,疼痛
不仅是喑哑无言的秘密
更是诗人吟诵不止的
——动力

"听见她说"——失眠者语

四方盒子准备就绪
树枝摇晃着把羊赶进去
一只、几只、很多只
一些风声乘虚而入
最后,夜晚挤了进去

羊群在风声中睡去
她,从梦中醒来
吊灯被阴影压扁,丑陋、刻板
——"我不喜欢"
她紧闭着嘴,却听见自己在说话

她讨厌七歪八扭的牙膏
讨厌被随意扯断的卷纸
她喜欢看盒子外面的树
喜欢它七歪八扭地生长
喜欢树干上丑陋随意的斑痕……
她坐在盒子里,在发白的树影中
摇晃着睡去

她的每一个梦都塞满
洗衣机的轰鸣，以及
饭菜混着不被发现、毫无意义
却固执燃烧的蜡烛的味道
偶尔，她也张嘴应和
却听不见自己的声音
她微笑着抚平衬衣上的皱褶

在又一个四方盒子来到时
她突然想起
曾经的她，那么期盼
有个大盒子收藏她所有的梦
那些彩色的、精致的、与众不同的梦
她可以在白天回味
夜晚做梦

捧花少女

红泥,绿蚁,温暖的词语
白裙,夏天,以及
不想老去的,期许
用喜欢的色彩
在两个季节里穿行

寂寞,深情,都一把揽入
以及,边界,温度
和墙壁上斑驳的香气
深深浅浅的花朵
一笔一笔绽放在影子深处

炉火在熄灭前
安静地怀想那一场雪
透过油彩你低头不语
像不像又有什么关系
最难画出的,或许就是自己

她是……

有时候她是烟火,在他人眼里
有时候她是尘埃,在自己心里
有时候,她是千回百转的河流
　　　裹着迷离的雾霭
有时候,她是山顶初夏的一抹亮光
　　　令人神往

　　　有时候她是沉入深渊的黑
　　　　愤怒,又沉默
　　　有时候她是远在天际的虹
　　　　绚烂,却短暂
　　　有时候,她是眼底的春风
　　　轻抚暮雪下初绽的新萌
　　　有时候,她是发丝滑落的雨滴
　　　　和泪水合二为一

有时候她是隐痛,是逃离,是驻足,是凝视……
　　　是夜里睡不去也醒不来的梦
　　　是梦里记起又遗忘的甜蜜

别定义

别把我束缚起来
插入花瓶,用糖来沉溺我
我只想躺在松软的泥土里
让风将我慢慢融化

别给我贴上标签
摆放在橱窗,用灯光雕琢我
我只想埋在坚硬的石头里
让黑暗紧紧包裹色彩

别把我残忍地割下
挂在墙上,用目光赞美我
我只想去战斗,像锋利的刀
刺入敌人的胸膛
然后,昂起头
迎接伙伴的欣赏

别以为我只是会计、医生
或者诗人

也别叫我的名字

那些都不是我

更别定义我是懦弱或者勇猛

我只是我

我是没有写成文字的篇章

开篇已久远,故事未完结……

怪人与星辰

怪异如我
故意拿出 100°C 的浪漫
撒上藏了很久的蓝
用我与众不同的喜欢
将这暗淡的暮色点燃

请离我远一点
我天生不喜欢夸奖
也不喜欢和谁一样
请放我入黑夜
任凭我一瞬间的自燃

其他人与明眸和笑脸相伴
我却在夜间与风交谈
别对任何人提起我
让我藏在没有灯的夜晚
一笔一笔
画出孤独的浩瀚

漫天都是不同的星

　　有些炙热勇敢

　　有些冰雪覆满

默

你喜欢在雨天,站在镜子前
看自己——
长长的额发,故意遮挡了视线
尖尖的下巴
在这个漫长的假日里,你瘦了
褪去了阳光的记忆
皮肤在灰暗中白得发冷
你不喜欢这样的自己,沉默
暗淡,没有任何思想
你想把这样的自己写出来
但从不打算发表,因为
它只属于你,晦涩
而不完美。或许
雨声下,你假装听不见自己的渴望
渴望,有人懂
这样的你

"我"和"你"

隔着三厘米
我在信纸上写了无数个"你"
如今,仍锁在抽屉里

我想你
哪怕,远在三万里
我仍用呼吸一厘一厘
填满距离

无数个被夜雨淋湿后的
某个夜里
我没有梦见你
也许,我终于忘了你

无梦就好。睡着
然后醒来就好。可是
当我再次翻起那本书时
怎么会?又见你!

两个"少女"

两个"少女"肩并肩走着
秋日的阳光正好

云朵下,"少女"的发丝
棉花糖般柔软
阳光盈满她们眼角的皱纹
东张西望间,漏了满脸的光阴

飞扬的丝巾,拉直
微微佝偻的身形
活泼的眼神点燃落叶的离情
舞出一曲绚烂的秋景

秋日的阳光正好
两个"少女"手挽手走着
你守着我的天真,我护着你的任性

两个酒窝

两个酒窝
盛满柔软的笑意
一头栽入圆润的涟漪
一圈一圈
泛起眩晕的好奇

两个酒窝
一唱一和　等着雨停
等着从天而降的回鸣
以及，树梢上
摇摆着的余温的暖意

雨过天晴
一双小手轻轻捞起
涟漪里扑腾的喳喳叽叽
草地上留下两个
圆滚滚的酒窝的痕迹

背包客·启程

远在远方的风
不发一言,穿过整座城市
远远地走来
黎明前惊醒的人
仿佛听到集结的号角

墙角的背包
早已装满阿里的泥、雨崩的雨
和翻滚着的,群山的呓语
斜倚的杖似一柄侠客的剑
梦着冰河铁马,沉默不语

赶紧纳入山河
再外挂上云朵
目光早已把黑夜照亮
日光在地平线下震荡

你若问远方有什么
回答也许是——

艰险和痛苦
可你永远不知道的是——
远方的艰险,才是背包客的生命之舞
远方的痛苦,就是她永不止步的幸福

背包客·喜欢

我喜欢,攀行在山野
任群山的波涛把我吞没
我喜欢,坐在山巅
看山峦在蔚蓝的天空蜿蜒

我喜欢
深陷光的缝隙
忘记过去也无视际遇
只等风把雪花和无垠的寂静
灌入身体,然后
在某个辗转的夜里
将灵魂酿造成赤鸦
飞跃高楼掠过河流
在轰鸣的铁路线上坠落
再被月光轻盈地托起

终于,在磅礴升起之际
以金色的脆响
撞入雪山的胸膛

背包客·看见

我看见你

吞吐着白色气息

把所有辽阔和细腻

都揽入明眸的蔚蓝里

我看见你

踏着流星划过山峰

衣袂掀起银色的风

远离地月的潮汐

我看见你

把落日旋入舞动的星轨

然后匿迹于银河的深邃

白日梦的痕迹

被星光沿着缝隙填起

我看见

深空的来处与未知的过往

奔涌而来猛烈相撞

无需任何疑虑

我爱这不顺从的奇迹

也爱着渺小又短暂的神的赐予

背包客·落日

当你跃上山巅
　　银色的风
在翻飞的剑花中铮铮作响

衣袂掀起波浪涌向天边
　　柔软的起伏
把我推出去，又推回来

寒冷和热气一起打湿眼眶
　　一个浪子的眼眶
　　海浪只是一种想象

金色在天空中短暂悬浮
　　像敏捷的动物
与目光不经意的交错间
　　弓腰消失在暮色中

背包客·穿越

趁着未完的七月
站上山顶寻找时间的走向
看光扫过群山
然后召唤星海
我得赶在七月完结之前
追上千回百转的蜿蜒
在孤独来临之前
放出我的白马
踏出漫天尘烟
带我穿越整个夏天

暮色中如常发生的

暮色中如常发生的
——
栀子花自顾自芬芳
你低头行走
擦肩、碰撞、退让

被堵住的车龙,发出
烦躁的低吼
有人摇下车窗
盯着远处发呆

夕阳被高楼卡住
流火蹿了出来
窗户像一个个对准现场的镜头
燃烧着嫉妒的红
有飞鸟在火焰中掠过
你抬起头想,它会变成乌鸦
还是凤凰?

有时候，城市
在暴雨中开出花朵
你蜷缩在黑色的花朵下赶路
有人从远处奔跑过来
踏得灯光四溅
沮丧也被染成彩色

有些冰冷和温暖
在暮色中相遇，也在
暮色中分离
而你要做的，就是
如常面对
暮色中发生的一切

黄昏的侧脸

黄昏一遍一遍涂抹着房子
墙壁上满是他斑驳的心事
暮气沉入浑浊的寂静
屋顶探出浓稠透气
黄昏趁机轻吻她蓝色的眼睛
如果此刻有远归的人
就能看见黄昏的侧脸
有一点犹豫,还有一点期待
在他低垂的眼里
透出一点明亮,还有一点湛蓝

落日钢琴曲

推开窗的瞬间

落日熔化了城市的筋骨

光与影挑选结构

联手打造一座座钢的琴架

开开合合的窗是起伏的琴键

与桥梁一起奏响落日的橘

忘川之下

一半暮色一半灯火

抬头看云

恍然见你恍然是影

再弹一曲《无尽落日》吧

你看,你看

琥珀色的黄昏

像糖撒在很美的远方

此刻

此刻,霞光在等
　等燕子归巢时
　大地翻出浪涌

此刻,屋顶在等
　等绚烂落幕时
　亦明亦暗的冷静

此刻,大地在等
　等空山新雨后
　草木挂满甜香

此刻,诗人在等
等点点芭蕉声声梧桐
等三更的梦枕上的愁

此刻,我在等
等一笔胭粉覆上青紫
再等金色拨开片片云起

深蓝

黄昏搅拌着尘嚣

收拢起视线

漫天的火焰渐渐熄灭

热浪趴在地面准备入眠

推开窗

有微凉的深蓝涌入

夹杂着某些诗歌的碎片

滚烫的色彩与之碰撞、渗透

之后是长久的拥抱

屋子里寂静无声

隐约中

有人在深蓝的海浪里

对我说　晚安

黑色的光

午夜
一切都睡去
偶尔有风路过
之后更添寂静

被心跳声吵醒
我看见有光在黑色里生长
又或者是黑色在吞下那束微光

我听见有两人在窃窃私语
一人问:"你见过黑色的光吗?"
另一人回答:"没有!"
"为什么?"
"因为黑色吞下了所有的光线!"
"那也许只是你肉眼看不见呢?"
"它既然吞下了光,那光也一定还在它的里面啊!"

我抬头仰望漆黑的夜空
死一样的黑色

但我知道星星在它的里面

不管你看不看得见

它们一直都在那

就像灵魂在黑暗里发光

就像梦境在深夜里斑斓

不了解黑暗的人永远不懂光明

午夜

我无法睡去也无法醒来

我在等待窃窃私语的提问：

如果颜色有尽头

你认为那是什么颜色？

我会告诉他

如果颜色有尽头

那么，尽头一定是——黑色！

夜之花

明和暗背对背站立：
"眼睛看见的才是对的？"
——一览无余的道路是对的？
——虚假动听的赞美是对的？

明和暗背对背站立：
"眼睛看不见的就是错的？"
——黎明前的黑暗是错的？
——被掩盖的真相是错的？

黑暗让眼睛失明
所以，错的是黑暗吗？
它本与光明孪生
同生共死，如影随形
该被隐藏，被否认？

光明值得被歌颂
但暗夜的花朵，也有
不得不绽放的理由——

如果,真相在光明里下落不明
它也可以在黑暗里面目狰狞!

黑夜给了它黑色的伪装
沉默着把根扎入岩石
深入,再深入
然后,用绽放的姿态
颤抖着迎接光明的救赎

狰狞,不过是黑夜里无声的呐喊
光明,终将是黑暗漫长的归途
明和暗背对背站立
——
眼睛看不见的,心看得见!

月

那夜,圆月射出的思念
被风吹成平行线
只能任凭日子
再把自己
一点一点瘦成了弦

一夜又一夜
月半的弦把天空弹得软绵绵
落日捎来的笔
深深浅浅
写满来自人间的祈愿

灯火充盈的村庄
被风挑上了树梢
轻飘飘地在归鸟的翼下惆怅
是谁推开了窗
溢出乡愁四处流淌

此时,有人投来目光

越过平行线
将云朵灼烧成海洋
再用一滴泪
包裹此刻滚烫的月亮

梦

你在黄昏寄了一场梦给我
　　　　落款写着
　　　今夜，月色很美

人在寸草不生的城市待久了
　　　　总爱做梦
　　　贪恋梦里无边的草原
　　　　和莹白的山峦
　　　可你的梦不一样
　　　　在你的梦里
河流的心里都刻着某些名字
一颗一颗磨成润润的卵
孵着月光，孕育着新的梦
独特的心跳让我忘了草原
　　　　忘了莹白
　　目不转睛地守着你的梦

　　　　月光慢慢暗淡
　　　　泪水浸满双眼

我抬头看月亮

它在水上不停地摇晃、分裂

啊？何时？

我被困在月光的卵里

变成你又一个——新的梦

海浪

告别晚霞
在阴天出发
踩着泥
和着浓稠的忧郁
你说听见了雨声
我闭眼不语
怕你看见我眼里的海浪

翻滚着黑暗
我的心是海洋
浪不过是我的表象
埋藏死寂的深渊
那里生长无数萤火的虹
没有人看见
也不会有人懂
那冰与火碰撞的痛

暴雨

糟糕的情绪瞬间集聚
眼前漆黑一片

烦躁,张口吞下乌云
情绪在胃里翻滚
"哇"的一口,终于
天空吐了满地

无名之火被浇灭
大地无辜地冒着烟儿

你得意地看着
重归明朗的世界

拼命·疯

春在泥土里拼命呼喊
疼痛从缝隙中探头歌唱
破碎的湖面不停地碰撞
它说：粉身碎骨也要卷起风浪

溅起的星光刺破厚厚的梦魇
低垂的　枯萎的
都在破晓前撒野
——
你，张牙舞爪
我，怒发冲冠
每一根发丝都挠得万物瘙痒

风过
拼命生长
疯过
哪怕大梦一场

春

是谁不小心碰响风铃
叮叮当当惊扰田野的清梦

是谁掬起甘甜的山泉
映出蓝色的眼眸

是谁用发梢撩痒娇憨的雏菊
笑得满林子的芬芳

是谁躲在泥土深处酣睡
醒来又以蝴蝶的身影躲入花丛

就在你我茫然四顾的时候
她已抿着小嘴
悄然站在你身后
等你回头

饮春

正好,有风吹来
黄昏掉进浓汤
挥舞锅铲
让鹅黄、橙红、洁白、翠绿
旋转起来
调入甜蜜的细碎,和眼泪的咸
再撒入点点青葱的记忆
色彩在调色盘里跳跃
涂抹出一幅橙黄橘绿的画卷

如果,你在身旁
笑容映着火光
我问:你爱深红还是浅红?
你举勺不语
迫不及待把春天一饮而尽
绚烂在彼此眼中繁茂生长
我知道
你爱这万紫千红的一切
还有我

四月

又是一个四月
喧嚣在夜色中散去

悠长的琴声
被渐浓的墨色越推越远
树梢上间歇的蝉鸣
让人想起某个夏日的傍晚

草地上散落的花瓣
被小狗舔进去又吐出来
孩子的笑声叫声忽近忽远
老人的笑容和手中的冰激凌
一起融化在追逐的脚步里
远处的池塘摇晃着柔软的灯光
打瞌睡的鱼儿在梦里吐出几串泡泡

这样的夜晚除了仰望
还可以想象
闭上眼,让心轻轻歌唱

时间无声流淌
自行车、滑板车、扭扭车咯吱咯吱退场
只剩下秋千,在花园里
空荡荡地回响

红

春风惹绿你的目光
我偏要一袭红裙
点燃夏的炙热

你寻
我在落日的远方
你驻足
我发丝在你身后飞扬

请你不要回望
因为你走在你渴望的路上
我也不会为你停止流浪
因为我有我必须要去的方向

让我们一起闭上眼
想象彼此的模样
带着余晖的美好
用时光温暖记忆的伤

夏天的风

潮湿躲在树荫下
  悄悄生长
白云藏入了深山纳凉
热浪从天空向地面流淌

蝉一边嚷着热,一边
  脱着外壳
风在树梢摇着蒲扇
  静静地看着

是谁用梅雨沙沙的嗓音
  对我说:
"夏天的风,正暖暖吹过
穿过头发,穿过耳朵"
心情顿时像红红的梅子
  溢出甜甜的酸涩

  是谁说
要等夏天的风吹过

再等"一阵云后雨下过"

是谁说

无惧大雨滂沱

看时间倾泻成河

是谁说

会永远记得

夏天的风吹过

满心欢喜的某个角落

风起的时候

风起的时候
阳台上的贝壳沙沙想着海浪
晚归的鸟儿匆匆掠过薄凉
风起的时候
云儿赶赴千里去看你
只为那一眼,却把思念深藏
风起的时候
湖水的涟漪漾起残荷的远香
你抬起头,看那西天薄暮的红霞
风起的时候
山峦裹着睡意摇摆着臂膀
我凝视你肩上停着的,一抹夕阳
风起的时候
常常幻想
可以一直站到星光把彼此的脸庞
轻轻照亮

夏天的一百种姿态

夏天的傍晚
总在不经意间被红色燎得滚烫
放下饭碗抓起手机爬上梯子
仿佛被开关弹射出去的玩偶

这个夏天
我要和梯子一起度过
企图捉住撞破屋顶的云朵
然后愤愤地听风嘲笑着跑过

梅子味的晚霞
薄荷味的晚风
玻璃晴朗
橘子辉煌

我要看尽落日之上
时间的一百种姿态
逼你选出你的最爱
然后，再告诉你，我通通都爱

无尽夏

夏天终于来了
汗水从赏花的镜头滴落
风把花朵催眠成翅膀
梦的碎片纷纷扬扬
一些喊痛的旧时光
埋入潮湿的土壤
冰粉艳蓝尽情绽放
用明知凋零的勇气
收获生命的漫长

八月

这个八月
被乌鸦钉在原地
身体和灵魂
总有一个渴望逃离
听黑色的摇滚
读北岛的悲怆
画弗洛伊德的肖像

这个八月
月光洒在傻子心上
泛起淡淡哀伤,他说
"月亮的背面一定很冷
那年夏夜
白马和北极光驰过
我们曾久久地战栗"

这个八月
一个计划破灭
另一种可能出现

可惜悲伤的人们看不见
他说,眼睛倦了嘴巴闭上
等待指尖去歌唱

这个八月
乌鸦在徘徊
城市在闪亮
云朵,在破浪

夏末

暑气将歇
谁躬身入夏
在黄昏播种
等待秋天的晚熟

焰火已备好
舀一勺清凉
静静等待
等处暑里的风来

今日云下
不如做个闲人
我望浮云
你去远山

炙夏

坚固的夏紧紧罩住九月
初桂以它细碎的微芒
挤入夏的缝隙
那闪烁在绿意中的金黄
于无人问津处
标点出秋的问候
偶有风过
日暮收敛夏色
炙热被落叶拽入泥土
又一个赤裸的焦躁的日子
消失在生命的孔隙里
无数个难以忍受的过往
都在孕育一场山河辽阔的秋光

和夏天说再见

好像盛大的告别总在夏天
不止我们，还有最浪漫的云朵
以及 最美的月半

炙热还会在午时显现
只是以清晨和傍晚的凉风
告慰消失的蝉鸣和醒不来的梦魇

傍晚的云开始想念秋天
先用麦穗的金黄画出他的眉眼
再用羞赧的红色抹散

飞鸟给秋天偷偷捎去信笺
羽翼划破落日的薄膜
浓烈的情绪火焰般喷溅

和夏天说再见
目送彩虹渐行渐远
一如人生的中段

浓墨重彩的无数次堆叠
只为了下次再见的一眼瞬间

和夏天说再见
挥别那片云朵和那夜的萤火
迎接一场暴雨的宣泄
滚烫的伤在南山的蓝里渐行渐远
再和夏天互道一句再见，不见，别恋

生命的某个片段

九月的夜里

湿热空气变冷

挣扎着坠落地面

惊醒的蝉互道再见

凌晨一点三十七分

邻楼的门铃声划破心脏

"你的外卖到了"

——沙哑的声音

也许是夜太干净

时间也不再追命般叮咚作响

他坐在石阶上燃起一支烟

火光随晚风一明一灭

一明一灭……

片刻终究太短

他还是要骑上车

追逐茫茫的黑夜

耳机里的歌声刚好唱道：
　　我的一半人生
冷暖就让自己过问！

立秋

一片树叶落下
摔在时间的背后

起风了
我忆起从前
如傍晚的流云
美好而短暂
此刻
夏夜未尽,秋风已凉
日子就这般一去不回
你说,叶落而知秋
我说,爱走而天凉

我看见
时间的尽头
你的身影在前方
慢慢走
我的双手在身后
微微凉

如果

如果遇见
我愿在秋天某个微凉的夜晚
如果遇见
我愿在某个绝美湖边的山野

那时,我们有的是时间
可以耐心地等待
在湖水微漾的凉意里
汗毛微微张起
如竖起的天线抑或是
等待猎物的蛛网
收获是树木的私语
芨芨草里的生气
以及,某种神秘的吸引力

然后,是长久的寂静
指尖的寒凉突然被掌心的温暖汲取
久坐不语的喜悦
瞬间与漫天星辰一起摇曳

响林

夜色太浓
所以,我染了发
于是,梦见一片响亮的树林

阳光在树梢奔跑
金黄的树叶喧闹着相聚
或者分开
指尖被秋风握得发疼
摊开手掌
在阳光下晾晒
温暖不属于我
哗哗地从手心流过
红肿是季节的印记

树林的尽头
红色的背影
画笔般点染落叶的河流
红色太饱满
把目光晕染出橘红的光圈

然后

看见了单色的虹

在睫毛上孤独地舞蹈

渐渐地

渐渐地

旋转成太阳的亮点

寒冷而刺痛

闭上眼

我转身逃离

这片阳光下的,响林

花袜子

下雨了
她蜷起身子听着
秋天的脚步

找了很久
终于在抽屉最里面　翻出
那双花袜子

云朵般柔软
秋日般温暖
可以陪她踏过微凉的夜晚

它彩色的浪漫
体面地包裹着
脚面的伤和脚底的苍凉

地板擦得锃亮
它会陪她轻轻踩着月光
舞蹈，或者歌唱

或者任时光默默流淌

黑白的猫咪也会悄悄蹭过来
相互依偎着
它把它暖得更暖
它把它揉得更软

窗外　雨更大了
她抬起脚
微笑着幻想
不怕冷的冬季

日出

晨鸟微白的叫声
点点啄食残月
如老者的咳响
惊醒寂静如梅花般散落

光秃秃的树颤抖着
让北风无处落脚
寒凉四散成薄雾
裹着尚未散去的梦

有时像佛　有时像魔
幻化中有火焰腾起
如同梦想降临
世间一切都随风点亮

冬日

黄昏过后
心跳声消失在地平线
红色的休止符匆匆划过
五彩被天空收回

紫色和黄色之间
空气疏离而清澈
偶尔,有黑色盘旋着飞过
把天空涂抹得越发浓厚

之后,便有炉火
复活房屋
温暖,踏实,怦然跳动
冬日的表情慢慢红润

炉火上的馒头翻滚着
一点一点变出金色
窗外的雪花飞舞起来
彩色,再次降临人间

最好的时光

树叶在笑,风在看
清泉在笑,云在看
开始时,我盯着你
你也盯着我
我们就这样一直傻笑

那时的日子很长
像女孩的马尾
总是在眼前摇晃
长得像你写的第一封信
不知所云,没完没了

那时的电台
总有诗歌和情怀
没有孤独要抵抗
更没有痛苦换锋芒

很久很久以后
我看向你,而你

盯着远方
连风都悄悄走开
我们规矩地站着，说话
或者沉默
这是终结还是开始？

突然想起曾经的我们
简单迷茫，少年模样
那时的你满脸光芒
也想起你说：不会写美丽的句子
但似乎就是昨天，
你说，常常想我
浅浅一句，略带诗意……

某些时候

某些时候

我想知道我的过去属于谁

我是他们中间的哪一个

某些时候

我仍然爱着顾城、北岛和芒克

数着他们的眼睛、钟表和向日葵

某些时候

我又害怕成为诗人

害怕总是满怀热情

同时又充满绝望

某些时候

我只想安静平静冷静地聆听

聆听夜色慢慢沾染一切

我不想把我的心燃成火把

——去看见

我更不想要滚烫的痛

和毁灭的伤

可是
纵使我千辛万苦
纵使我费尽周章
也灭不掉心里的火啊!

为画而作的诗

他坐在沙发上,看书
灯光照得他的耳朵,半透明的红
微蹙的眉尖隐隐有山峦的翠色
我突然想起了,某个夏天——
流动的云,闪烁的星
还有,山谷间回荡的旋律……
我从镜子里偷偷看他,还好
他没有察觉

他抬手翻动一页,沙发
不小心发出咯吱声
他的嘴角淡漠地
抿着,细长的手指轻抚着扶手
银灰色的丝绒,泛起
一片白色的涟漪,柔软
缓缓将我淹没

他点燃了一支烟,狠狠地
吸了一口

火光明灭里,眼波随青烟流转
我捂住怦然的心,凝视
氤氲中的侧脸
——突然,灯光熄灭
黑暗中,只有沙发苍白的轮廓
空空荡荡
沉默不语

毁灭

你问:
我是你的仇人吗?
为什么要毁灭我?
我沉默地走近你,伸手
触碰你目光里的火
瞬间,火焰点燃了我
现在你该明白
你是毁灭的起点
而我,是毁灭的终点

你沉迷于我独特的形状
却忘了,我是枯枝
你是星火
你,点燃了我
我,毁灭了我
很抱歉,也灼伤了你
你的愤怒引来漫天大雪
掩埋灰烬下的焦芜

也许,很久以后
我会感谢你带来的无尽寒冷,给了我
重生另一个春天的可能

孤独症候群

天空被雁群划破

把目光染得通红

窗帘裹不住疼痛

裂开一条缝

反向的风

撩起玻璃上的鬼影重重

光的节奏

哲理的褶皱

比呼吸更沉重的症候

我的思想

如抖动的翅膀

我的身体却深埋土壤

如交织的轨网

任凭驶过魑魅魍魉

我拼命去想

是遗忘还是渴望

黑暗中渐渐消失的手掌

难道又是傍晚时的噩梦一场?

长的,短的

曾经
无须回头也能感受
你的目光
没有迂回,聚焦成最短的距离
长久地停留在我长长的发间
暖暖的,痒痒的
如今
我的短发长得刚好

曾经
我们的话语很短
你不说我也不问
在留白里酝酿悠长的甜蜜
有时,你会问
永远有多长?
我说,此刻即永远
如今
此刻已久远

曾经

你相信即使分离爱也长在

我不信

我只信短短的爱

和长长的恨

如果,你还相信以前的我

那么,请你原谅现在的我

曾经

我叹人生太短

如今

我恨深夜漫长

此刻

黑暗里的影子

长的无奈,短的无言

烟火

我,爱,幻灭
你,爱,胆怯
你爱的,我不爱

从不期盼,照亮谁的人生
只想掠过——风
看见,你眼里闪过的
彩色的梦

也不渴望,在你的记忆里永生
宁愿纵身——撩起
响彻山谷的回声

从不留恋,繁花似锦的相逢
也不歌颂,纸上伟大的永恒
我爱的,只是瞬间燃烧后
——稍纵即逝的,尘……

彼岸

我要到对岸去
因为太阳从对岸升起
一切都会重生
我要到对岸去
因为星辰在对岸飞舞
一切都在做梦
我要到对岸去
时光在对岸旋转
从左到右,从右到左
就连河水也奔腾着跑向对岸
我要到对岸去
乘着山火引来的风
滚烫又热烈
身体在热浪里升起
疼痛却满心欢喜

我要到对岸去
哪怕　只剩灰烬

向往

忧伤的鸦影
扇动着
燃烧的渴望
金色的茧
哼唱着
蝴蝶的梦想
果子的回忆
一不小心
渗入
阳光的呼唤
玻璃的假惺惺
束缚不了
水对田野的向往

向日葵
沿着河岸奔跑
一片一片
开满蓝色的天边

南方

南方
躲在温暖的巢里
孵着潮湿的梦

月光垂下纱幔
准备了一个安静的故事
可河流仍然兴奋地跑着
一匹白马走来
又摇摇头离开

南方
辗转在似是而非的梦里
呢喃着蒲扇和苦茶

落叶过时,轻声说:
别着急醒来
等风收敛满身的黏腻
再收走树梢的战栗
还有你

睫毛上的水滴

　　隐约中有谁在问
　　　南方在哪里?
　　河流放慢脚步回答:
　南方永远在我脚步的前方!

糖

想她的时候
眼泪化作天上的星
你用凡·高的画笔将星空旋转
用力把心事熬成甜甜的糖

没有星星的夜晚
是谁燃起烟火
或绚烂或微灭照亮遥远
烟花落在眼里酿成黏黏的糖

满天的星星
是谁撒落的糖

你想起离别时她说：
思念以不同的方式存在
每一种我都为你放了糖！

等待

很多时候
我们能做的,只是等待
等待,那些灰色的时间过去

等迎春花开
等雨后虹绽
等心底的笑意
等久违的寒暄

我知道,那些灰色的时间
终将过去
只要我愿意等
愿意熬过无眠的黑夜
愿意趟过迷途的暗流

时间的背后,我看见——
喧嚣的街道,人来人往
烟火的温暖,拥抱锅碗
霓虹坠入人们张望的眼眸

在对视的刹那如流星般闪动

我闭眼聆听

一步一步

从前的笑声

从我心中一一醒来

时间走过

有些人事改变

我希望，千疮百孔的心

仍能逐光飞翔

我希望，历经沧桑的面庞

仍如少年期盼的模样

比时间更年轻

比过往更坚定

影子

你的名字
如一道闪电
劈开我的沉默
一些文字向着光
的方向,垒成影子
行走,奔跑,不停歇
背着光的地方,是我
是躲在黑暗里的我
默默地看着影子
离我越来越远
渐渐地,它
不属于我

疼痛

我不想提起从前
夏天在田野里撒野
你偷偷握住我的手
落日在地平线上颤抖
你炙热的目光烧尽我的心事重重
我忘了
滚烫的掌心正注入疼痛

我不想提起从前
也不想告诉你未来
无数个后来
疼痛没日没夜生长
缠满每一根血管每一寸肌肤
你退缩的目光让我看见
一个面目狰狞的我

终于
疼痛从头皮钻出
在这个秋天

和记忆一起落下
留不住的,不必留
就像哭泣留不住夏天
秋天也从不挽留落叶
终结,也许是另一种
生命的开端

不是情诗

爱情,不一定
都是两个人之间的事
有时,也可以是
几个人的镣铐
想走的走不了
想留的留不住
被爱情铐住的手
有的,努力紧握
有的,相互撕扯
彼此相生的心,挣扎中
有的靠近,有的推远

爱情,有时是水
悄无声息地来,悄无声息地去
有时,又是焚心的火
它把一些人变得伟大或者渺小
如果,在爱的辽阔里
未来一览无遗,伟大
不过是爱情的一种属性

如果,爱太过拥挤
无法相濡以沫,那只能
把它刻进骨头里,用彻骨的痛
渺小地,凸显爱

冬眠的熊

梦里奏响春天的序曲

甜甜的蜜蜂被舌头舔醒

一只胖胖的小熊

疼得在长满三叶草的山坡上打滚

暮色拉起笨拙的小熊

费力地攀上山峰

用薄薄的黄油涂满山谷

再从云朵里剥出月亮的美味

梦里有人连名带姓地唤你

冰冻的心一滴一滴融化在梅雨

庞大的掌心紧握着粉色的秘密

还有 梦里反反复复的呓语

在梦里

你不是长不大的小孩

你是生来就很大的小熊

大到一滴泪就可以包裹你的欢喜

在梦里
你是永远长不大的孤单
你一直在孤单地等待
等一个
像喜欢春天一样
喜欢你的人出现

雨后

雨后天阴
天空渐明
躲在树荫里的
是我的黄莺
它用歌声表达
此刻的心情
时间定格成照片
远方模糊成透明
视线里一片青青
复杂的生命
长成森林

雨后天阴
空气甜馨
躲在树荫里的
是我的风景
无法告诉你
此刻的心情
时间定格成照片

远方模糊成透明

视线里一片青青

　复杂的生命

　　长成森林

绽放

绽放即热爱
把纯洁举往高处
就像花朵把自己举向天空

风在暴雨中起飞
滚满泥泞
愤怒开垦出勇气

任性也是一种坚持
等谎言失去语言
等伤口堆叠成铠甲

如果相信
打开门就会遇见山峦
或者，一只可爱猫咪

听我说

有人说
"我想和你去站在那朵云下面"
而我只想
站在我最喜欢的那一朵下面
如果　刚好你也在
那　更好
有人说
"我走了很远很远的路才走到你身边"
而我只会
走很远的路看我想看的风景
如果　刚好你也在
那　更好
有人说
"我渴望靠近你，就像
疲惫的人渴望一把椅子"
而我永远知道
只要躺入大地的怀里
就会看见长芒草、格桑花
幸福地盛放在属于飞鸟的天空里

未完

你用一根烟的时间
等我的眼泪
飞鸟散尽

你的冷静不动声色
我的心如淬火
不能触摸

你氤氲的指尖拂过
绚烂的痛
烟花般炸裂

有些事你不会知道

有些事你不会知道
比如某个秋天的傍晚
　我长久地凝视
　你头顶的那片云朵
　直到被夕阳刺痛双眼

有些事只有晚风知道
比如我沾染满身的红
　在蔚蓝的屋顶
　把涌出心口的话语
　重新塞回漂流瓶

有些事我也才知道
比如一场沉默的霜
　正在赶来的路上
比如我爱了又爱的秋天
　变得越来越薄凉

晚睡的人

我以为黑暗里的
永远不会被看见
嘴巴不想说话
可情绪无法自拔

我坚持
阳光下的赞美不值一提
而黑夜里的温暖
宣之于口不如深藏于心

——感谢你们
感谢午夜奔涌而来的你们
感谢你们,也是晚睡的人

预言

往事潜夜去
可风可云烟
梦里看不清你的脸
灰白如夜的眼

痛已不见
你的声音也不见
是谁留下淡淡的烟
燃起风过时的恍念

属于我们的夜
歌里唱过无数遍
可依然留不住
曾经流泪的瞬间

是否还要空怀念
追问过去的缘
往事已走远
让它随风随云烟

我想,我愿意

我想,我会愿意为你挽起长发
用整天的时光,打扫
让皂香洒满你蓝色 T 恤
看你的白色袜子在风中摇曳
屏住呼吸不打扰冥思苦想的你

我想,我会愿意为你收起翅膀
用整天的时光,闲居
分享着彼此的目光,或者闲言碎语
然后,静静地等着火红的夕阳
越过窗台,抚过纱幔
偷吻沙发上裸露着的白色脚踝

我想,我会愿意为你燃一支沉香
用整天的时光,提笔
用好看的花笺,一边写诗
一边偷偷勾勒你迷人的侧脸
满满几页,都是你

我想，我会愿意为你放下骄傲
　　看着你的背影微笑
　　　而不着急告诉你
　　　　我在想你

樱花

说过的话樱花般
风过,就落了满地
不如沉默
别去惊扰一棵草
静静地让凉风落脚
风再起时
花香,随风燃起

无题

某段时间
我不得不和你们一起生活
共享无尽的清晨
在小区的角落里
猫咪们的脚步声
像时间轻轻滴落

黄昏
有人倚着窗子看风景
楼下的院子
盛开着大朵大朵的青菜
此刻没有人嫌弃
一楼的潮湿和阴暗

目光向远处延伸
对面的阳台上
摆满了胡萝卜、土豆和白菜
它们躺成我喜欢的姿势
慵懒、淡然

甚至还有点儿高傲

阳台上的你划了两三回
刺耳的摩擦声才把火柴点着
香烟的末梢颤抖着，颤抖着
烟蒂短小灰白
连灰烬你都舍不得弹落
因为这是最后一根存货

朋友圈的快乐

你在 25°C 的海边
藏起沙子和阳光的快乐
你说不想有炫耀的人设
可是,请给一点施舍
给 40°C 厨房快要溺死的我

你说火车上读了《一颗玉米籽在奔跑》
我也喜欢金黄的玉米和火车
喜欢它一刻不停地奔跑
喜欢它渴望整个世界的渺小
谢谢你带我去火焰的远方
指给我看海上的一粒金黄

午后

抽梦成林
狠狠睡了一季芬芳
嫣红　草绿
时间的明暗里
浅吟低唱
那些安静的
疯狂的
执着的瞬间
此刻,在梦里起舞翩翩

风暴

风暴用黑色宣泄情绪
万物在盛大的倾诉中颤抖
与风暴相关的
也与你我相关
一切都在流动
而你是风暴的中心
我被打开的瞬间
被卷入你定义的永恒
我抱紧自己
沉溺在无尽的黑暗里

绝望和叛逆争夺领地
一个上天一个入地
我死守最后的信念
也许明天
"长日尽处,我站在你面前
你将看到我的疤痕
知道我曾经受伤,也曾经痊愈"
也许明天

风暴之后,我站在你面前
阳光刀锋般划过
我布满伤痕,却熠熠生辉

这不是意象,而是创造
赋予生活的某种意义

四季

一月一片寂静

二月的第一天还是没等到你

三月也许擦肩而过的是你

四月的期盼随风四起

五月在芬芳里等你

如在梦里

六月如约而至的你

热烈的灼烧的挣扎的七月八月的你

九月我紧闭双唇目送你

十月我愿你如流云

只要快乐,不要顾虑

十一月尚未来临

透过它的窗棂

我望见了十二月

你红透脸颊　看大雪降临

时间的秩序

我们无法拥有同样的此刻
身处高山和海洋
时间的流速并不相同
我们永远活在不同的宇宙

生命将万物编织成关系
万物灭一物生
变化创造了时间
而时间之内别无他物

也许时间只是一种感觉
在感受得到时瞬间失去
也许真正的自由和真相
只存在于没有时间的世界
没有过往也无谓将来

留长发的男人

你不爱隐藏在毛发中
　　羞涩的灵魂
于是，将它使劲塞入酒杯
试图浸泡出某种凶狠

迷离后，幻想着
有丝毫的机会去实现那一场梦
梦里你抢夺一切，醒来却失去一切
某个瞬间，你恍然看见那片雪白月光

睡不着又醒不来的
　你的苍白的脸
好险，幸好有浓密的丛林遮掩
　一只蜘蛛在眼前摇摆
　放它自由，还是看它表演

立刻

当杯子碰在一起
立刻就有欢愉洋溢
就像石子投入湖水
立刻荡起的涟漪
当分享宣之于口
山谷立刻赠予回响
所以热爱直白的旷野
甚于千回百转的楼阙

暮光将寂寞归还天空
立刻就被飞鸟填空
目睹晚风偶遇山雨
立刻就有诗句具化情绪
"草在结它的种子
风在摇它的叶子"
美好的瞬间只存在于那一瞬间

让我们渐行渐远的不是时间
而是一句迟到或未到的语言

图书在版编目（CIP）数据

云端动物园 / 黄马可, 大熊, 火烧云著. -- 上海：学林出版社, 2024. -- ISBN 978-7-5486-2043-3

Ⅰ.I227

中国国家版本馆CIP数据核字第2024BM4046号

责任编辑　王　慧
装帧设计　甘信宇

云端动物园

黄马可　大熊　火烧云　著

出　　版	学林出版社	
	（201101　上海市闵行区号景路159弄C座）	
发　　行	上海人民出版社发行中心	
	（201101　上海市闵行区号景路159弄C座）	
印　　刷	上海颛辉印刷厂有限公司	
开　　本	889×1194　1/32	
印　　张	10.625	
字　　数	18万	
版　　次	2024年11月第1版	
印　　次	2024年11月第1次印刷	
ISBN	978-7-5486-2043-3/Ⅰ·257	
定　　价	68.00元	

（如发生印刷、装订质量问题，读者可向工厂调换）